하림 스님의
두 번째 프로포즈

하림 스님의 두번째 프로포즈

인   쇄 | 2008년 5월 2일
발   행 | 2008년 5월 12일

지 은 이 | 하림 스님
발 행 처 | 대한불교 조계종 용두산 미타선원
주   소 | 부산광역시 중구 광복동 2가 1-11번지
홈페이지 | http://www.mitazen.net
전   화 | 051)253-8687, 8688

펴 낸 이 | 오 세 룡
펴 낸 곳 | 클리어마인드_(주)지오비스
등록번호 | 제300-2005-54호
주   소 | 서울시 종로구 수송동 58 두산위브파빌리온 736호
전   화 | 02)2198-5151, 팩스 | 02)2198-5153

ISBN 978-89-93293-01-2 03810

정가 8,000원

하림 스님의
두 번째 프로포즈

클리어마인드
CLEARMIND

부처님 오신 날을 준비하느라 사찰이 모두 분주합니다. 부처님의 생일잔치를 준비하는 것입니다. 사람들은 생일에 의미를 부여하고 싶어 합니다. 누군가가 자신의 생일을 기억해주고 축하해주고 선물을 줄 때에 우리는 감동을 받습니다. '내가 이 세상에 존재 한다.' 라는 사실을 남으로부터 인정받는 기분이 들기 때문입니다.

나 자신은 남에 의해서만이 존재의 의미가 부여되기 때문입니다. 부인이라는 존재가 있기에 남편이 있고 자식이라는 존재가 있어서 부모가 됩니다. 누군가가 꼴등이 있어서 누군가는 일등이 됩니다. 그 남이 없으면 나도 있을 수 없기 때문입니다. 저도 여러분에 의해서만이 존재할 수 있기에 늘 감사합니다.

그래서 부처님 오신 날은 바로 중생이 태어난 날이기도 합니다. 부처님에 의해서 내가 중생임을 알았고 그 가르침에 의해서 내가 잘못된 삶의 지혜를 갖고 살았다는 것을 알게 되었기 때문입니다.

그래서 부처님의 탄생은 우리에게 어둠을 인식하게 만든 날이기도 합니다. 동시에 어둠은 곧 광명을 드러나게 합니다. 그래서 우리에게

4

지혜광명을 열어 보이는 날이 되기도 합니다.

이렇게 좋은 날에 절을 찾는 분들을 위해서 저도 뭔가 선물을 드리고 싶었습니다. 그러나 제가 가진 것은 사실 아무것도 없습니다. 가진 것이 있어야 드릴 것이 있겠지요. 가만히 생각해보면 이 세상에 제 것은 없습니다. 이 세상의 일부라도 제가 소유할 능력도 자격도 없습니다. 그래서 늘 남에 의지해서 살아가고 있습니다. 혹 내가 내 것처럼 쓸 수 있는 것들도 사실은 남이 내게 사용할 것을 허용해 준 것들일 뿐입니다.

제가 여러분에게 드릴 수 있는 것은 여러분 모두가 정말 소중한 분들이라는 사실을 알려드리는 것뿐입니다. 여러분은 괴로운 존재가 아닙니다. 번뇌가 없는 존재가 여러분의 본래 모습입니다. 괴로움이 없이 평화로운 모습이 바로 당신의 모습이라는 것을 소리 높여 들려드리는 것뿐입니다. 이 책도 사실 그런 일에 조금이라도 도움이 될까 싶은 소견으로 내 놓게 되었습니다.

부족한 원고에 고마운 격려의 글을 써주신 존경하는 선배이신 홍승 스님, 그리고 가장 가깝게 서로를 이해하고 위로하는 도반 가운데 한 명인 금강 스님, 귀하고 바쁜 시간 쪼개어 마음 내어 주신 점 너무 고맙고 송구스럽습니다.

그리고 늦은 밤에도 언제나 시간을 맞추기 위해 노심초사 애쓰시는 현대북스, 클리어마인드의 손미숙 부장님 그리고 예쁘게 편집해 주신 정경숙님을 비롯한 식구 여러분 그리고 제게 어느 때에나 길을 일러주시는 오세룡 사장님에게 감사함을 표하고 싶습니다.

그리고 이 인연이 이루어지도록 도와주신 모든 분들에게도 감사드립니다.

2008년 사월 초하루 늦은 밤에 **하림** 손모음

늘 새로운 봄에 살았는데 어느 결에 여름이다.

1994년 한국불교의 본산인 조계사에서 하림 스님과 봄을 함께 보냈다.

대웅전 마당 한켠에 핀 서울의 철쭉도 마주하지 못하고 새로운 불교를 향해서 전국에서 올라오는 스님들의 마음을 맞이하는 일을 했다. 나는 늘 대중 앞에서 말을 해야 했지만 하림 스님은 큰스님들과 대중들의 안위를 책임지는 일을 맡아서 새로운 봄을 만드는 일을 하면서 만났다.

1995년 봄에도 함께 살았다.

암자 한켠에서 늦도록 책을 펴놓고 토론하던 시절도 있었다. 종단개혁의 뒤켠에 절실하게 느낀 것이 한국불교를 이끌 전문적 인재의 부족과 현대사회에 맞는 사찰모델이 없다는 데에 갈증을 느끼고 행원결사라는 이름으로 다섯 명이서 추운 겨울밤을 새우며 파주 보광사 암자에서 봄을 맞이했던 기억이 아스라하다.

시작이 그래서인지 우리는 늘 만나면 바쁜 봄을 준비하는 이야기가 대부분이다. 대중들은 말이 느리고 환하게 웃는 웃음에 속는다.

우리는 늘 현대사회와 불교를 걱정하는 이야기가 만남의 주제였고 방향 또한 길게 이야기 하지 않아도 눈빛만으로도 서로 통한다.

몇 해 전에 10년 만에 팔을 걷어붙이고 청정선거실현 승가운동본부를 만들어 잠깐 동안 만나서 일을 한 적이 있다. 그런데 10년 세월이 어디로 갔는지 모르게 뛰어 다니고 있는 모습에 웃음이 나왔다.

늦봄의 햇살이 마당에 한가로이 내리는 날 문득 고개를 들어 먼 산을 바라보듯 생각해본다. 다른 스님들보다 열정이나 역사의식이 있어서가 아닌 것 같다.

일찍 출가하여 절에서 유년기나 청소년기를 보낸 우리에게는 절이 집이다. 집착하는 마음이 아니라 한 몸이라 생각한다. 이는 부처님에 대한 지극한 신심이 아닌가 싶다.

한해 한해 만날 때마다 하림 스님의 얼굴이 맑아지고 삶이 적확해지는 모습을 보면서 치열하게 선원에서 공부하지 않아도 공부되어지는 모습을 본다.

그것은 부처님에 대한 지극한 신심이 그 수행의 깊이를 더 해준다고 생각한다.

8

한 가지 덧붙인다면 보살심이 너무 많다.

부산에 포교당을 맡아서 살겠다는 말에 나는 반대했다.

절친한 도반이면서 내려 간지 2년이 지난 후에서야 미타선원을 찾은 이유가 그것이다.

그 열정을 한 지역이나 한정된 사람들에게 베풀기에는 소모적이라 생각 했다. 도심 포교당에서는 지역 사람들에게 쏟아야 하는 정성이 산중에 비해서 훨씬 많이 들어간다는 것을 알기에 한사코 만류를 한 것이다.

이제 우리는 어느 사이 봄의 풋풋함을 벗어나 신록 우거진 여름의 한 복판으로 접어들었다.

하림 스님이 툭 던지는 말 한마디나 밝은 웃음에도 많은 사람들이 큰 힘을 얻는다.

더 많은 대중이 그 신심과 보살심을 만났으면 하는 바램이다.

땅끝마을 미황사 주지 **금강** 손모음

　제가 서울에서 부산으로 사찰음식 강의를 다닐 때 제 도반이 말하더군요. 힘들게 왜 부산까지 강의를 다니느냐고…….

　제가 말했습니다. 미타선원 주지스님이 참 중노릇을 잘하는 사람이라고. 그래서 힘들어도 그곳까지 강의를 다닌다고 했습니다. 제 자신이 항상 수행이 부족하다고 생각이 들어서인지 중노릇 잘하는 스님들을 보면 존경스럽습니다.

　오래 전 하림 스님을 보았을 때 저 스님은 공부를 많이 해서 강단에 서면 참 좋겠구나 하는 생각을 한 적이 있습니다. 미국에 갔다는 소식을 전해 들으면서 왜 미국에 가서 사나 하는 안타까움이 있었습니다. 주위 스님들에게 하림 스님 다시 불러오라고 요청도 해본 적도 있습니다.

　한국에 들어왔다는 소식을 듣고 참으로 다행이라는 생각을 했습니다. 그리고 어느 날 전화를 받았습니다. 미타선원에 있다는 말과 강의 부탁 전화였습니다. 오랜만에 본 미타선원에서의 하림 스님은 여전히 중노릇 잘하는 스님이었습니다. 이렇게 하림 스님과의 인연

10

이 다시 시작되었고 그 인연 덕으로 저도 부산에 자리 잡게 되었습니다.

하림 스님을 보면 항상 무언가를 생각하고 있는 듯합니다. 어떻게 하면 불교를 좀 더 많은 사람에게 알릴까에 대한 고민인 듯 느껴집니다. 부산에는 포교를 잘하는 스님들이 많이 계십니다. 따라서 불교신도님들의 신심도 타 지역에 비해서 높습니다. 불법승 삼보가 제대로 구성되어 있는 것이지요. 오래 전 젊은 시절 스님들의 구호가 있었습니다. "대한민국이 불국토가 되는 날까지 정진하자. 나아가 세계가 불국토가 되는 날까지 정진하자."

미타선원 하림 스님과 신도님들의 신심이 용두산을 변하게 하는 모습을 보면서 다시 그 구호를 떠올리고 있습니다. 용두산을 불국토로 만들어도 될 듯합니다. 하림 스님이기 때문에 가능한 일입니다. 미타선원에 큰 불사가 시작되고 있습니다. 불사는 한 두 사람의 힘만으로는 불가능합니다. 미타선원의 모든 불자님들이 십시일반의 마음으로 동참하여야만 가능합니다.

하림 스님의 원력과 신도님들의 신심으로 큰 불사가 원만히 이루어지도록 발원해 봅니다.

사찰음식연구회 회장 홍승 손모음

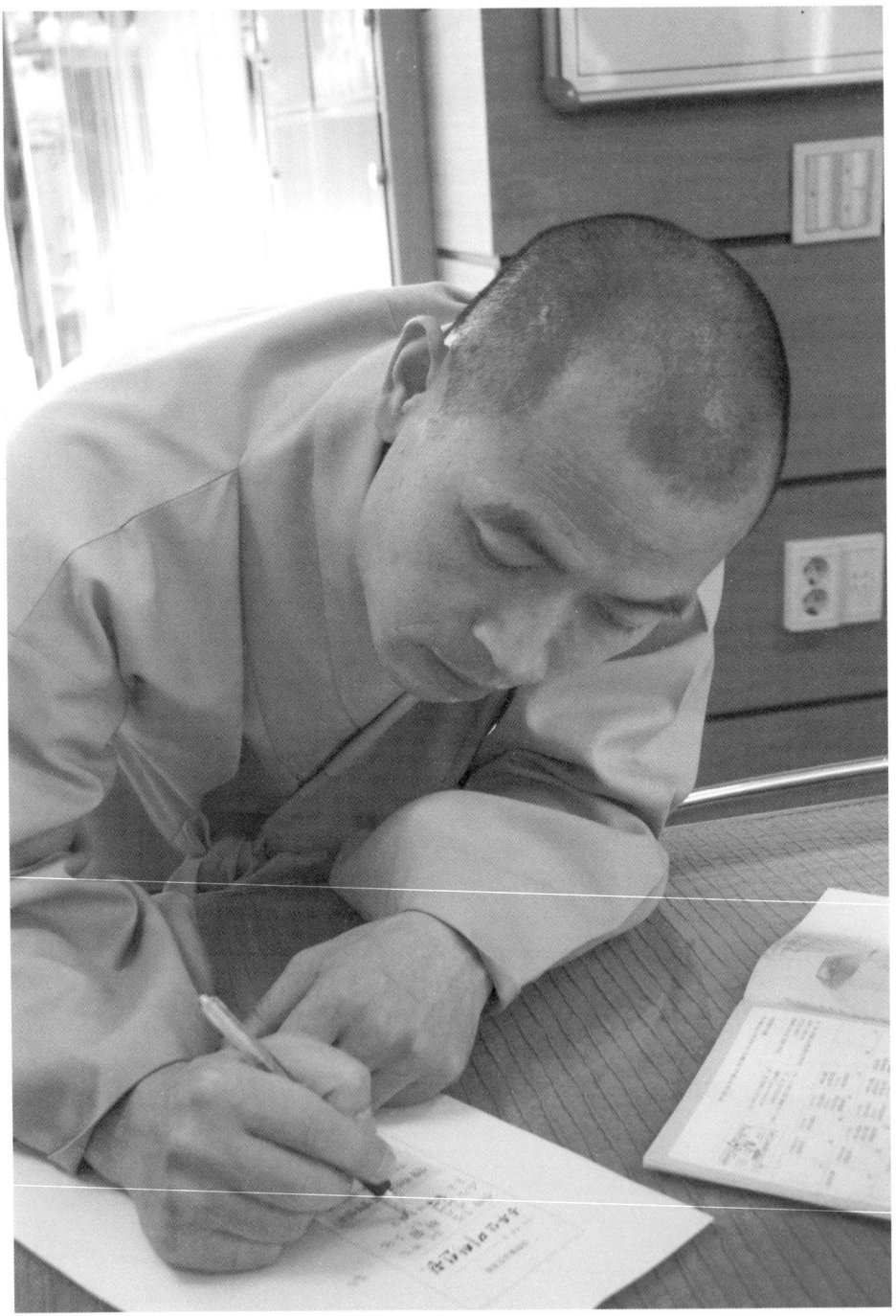

실상사

아름다운 날들의 뒤안길

저 너머 산과 산 사이로는 온화하면서도
강렬한 아침 햇살이 머리를 내밀며
이 세상을 비추어 오고 있습니다.
그 순간 어디 숨어 있었던지
풀잎 끝마다에는 작은 물방울이 있어
이 빛을 영롱하게 반사해 내고 있습니다.
상큼하고 상쾌한 공기는
정말 온 몸과 마음을 평화롭게 만들고 맙니다.
이렇게 평화로운데
아! 이렇게 평화로운 세상에 내가 살고 있는데…….
나는 왜 이렇게 평화로운 세상을
자꾸 멀리하고 살게 되는 것일까.

한차례 소나기 지나가듯 지나가는 자연에서 삶을 느끼고 배웁니다.
소낙비에 춥고 서글픔에 젖은 듯한 뜸북새가 그런 생각에서
일찍 깨어나라고 "뜸북 뜸북" 소리냅니다.

망치와 꽃님이

늦게나마 해가 넘어가면서 첫눈이 옵니다.

어른 스님이나 젊은 스님이나 모두 반기는 몸짓들입니다. 예전에 익숙하던 그런 하늘과 산의 색깔과 분위기를 연출하면서 나(雪)를 지켜보란 듯 한참을 한들거리다가 어디론가 사라져 갑니다.

어제부터 감기 기운인지 머리가 아프기 시작했습니다. 한숨 자다가 혹 이 눈이 그치면 어쩌나 해서 벌떡 일어났습니다. 물 한잔 마시고 밖이 잘 보이게 뚫어놓은 창가에 앉았습니다. 이 분위기에 글을 쓰고 싶었기 때문입니다.

지금 제 방 앞에는 누런 여덟 살 정도 된 큰 개가 한마리 쭈그리고 앉아있습니다.

요즈음 이 개는 마치 나를 주인으로 삼을 양 이곳저곳 따라 다니고 있습니다. 실은 이 개는 여기서 약 1km 떨어진 실상사 농장에서 키우는 개입니다.

이름은 누가 붙였는지 "망치"라고 합니다. 그리고 이곳 화림원에도 개가 한마리 있습니다. 이름은 "꽃님이"지요. 지금 망치의 새끼를 낳은 지 20일 가량이 되었습니다.

스님들의 극진한 보살핌으로 아직 눈 뜨지 못한 다섯 마리의 새끼들에게 젖을 먹이고 있습니다. 그런데 눈에 띄는 것은 이 망치입니다.

약 다섯 달 전쯤 꽃님이가 암내를 내면서부터 이 망치의 필사적인 가출과 꽃님이 지키기에 들어갔습니다.

우리는 남의 집 개인지라 또 축내는 밥도 있고 해서 돌려보내려고 구박도 하고 쫓아도 보고 했지만 절대로 꽃님이를 떠나지 않았습니다.

때로는 아예 "차라리 절 죽이세유." 하고 스님들 무릎에 머리를 비벼댑니다. 그렇게 온갖 박대를 견디고 새끼를 갖게 하더니,

결국은 쫓겨났습니다.

그리곤 한 열흘이 지나 꽃님이가 순산을 했습니다. 그 후 며칠
이 지났는데, 이 망치가 엄지손가락만큼 굵은 쇠로 된 개줄을 통
째로 끌고 올라온 것입니다.

'야! 얼마나 새끼가 보고 싶었으면 왔을까.' 해서 우선 개 줄
을 풀어 주었습니다. 근데 문제는 꽃님이의 태도입니다. 등과 꼬
리를 바짝 세워 경계를 하고 아예 개집 근처에 오지도 못하게 합
니다.

목이 끊어져라 발버둥쳐서 개줄까지 끌고 올라왔더니 반기기
는커녕 이젠 사방 10미터 이내에 접근도 못하게 합니다.

그때부터 또 구박은 시작되었지만 지금도 물러설 생각이 전혀
없어 보입니다.

하도 안쓰러워서 보내려드는 스님들 몰래 밥을 주고 있습니
다. 이는 망치와 저만 아는 사실입니다. 망치가 말하지 않을 터
이니 세상에 아무도 모를 것입니다.

이 장면들을 지켜보면서 세상의 아버지들에 대해서 생각해 보
게 됩니다.

아버지는 아버지라는 책임 때문에 세상에 나가서 온갖 궂은일

을 다 합니다.

때론 "세상아, 차라리 날 쥑이라." 하고 온갖 수모도 견디며 삽니다.

이는 오직 집에 있을 아내와 자식을 위해서입니다. 그런데 집의 아내와 자식은 또 자기들 생각과 삶에 바쁩니다. 밖에서 온갖 상념들과 전투 속에서 찌들은 아빠의 체취와 행동이 싫어질 수 있습니다.

부인은 자녀 교육에 좋지 않다고 되려 아이들과 가까이 하지 못하게 할 수도 있습니다. 이때 세상의 아버지는 갈 곳이 없습니다. 때론 제정신으로 집에 들어가기 싫다며 술을 마시는 사람도 보았습니다.

지금의 망치를 보며 왜 이런 생각이 드는지 모르겠습니다. 그렇다고 꽃님이한테 제가 대신 사정을 해볼 수도 없고 해서 말 통하는 비슷한 상황에 있을 세상의 어머니들에게라도 부탁해야겠습니다.

불쌍한 수컷들에게 자비의 손길로, 자비의 눈짓으로, 자비의 가슴으로 한 번 안아 달라구요.

그들이 지금 이 눈발 날리는 추운 겨울에 혹 문 앞에서 망설이고 있을지 모르니까요.

따뜻한 마음과 몸짓으로 오늘 한 번 문을 열어 보세요. 망치를
생각하면서요. 미타

바둑 한 수와 한 생각

석 달간의 결제기간이 끝나가고 있습니다. 실상사 학림스님들은 이제 수업을 마치고 졸업준비를 하고 있습니다. 매섭던 눈보라도 더 이상은 떨칠 기운이 없나봅니다. 부슬부슬 내리는 봄비의 기운에 대지의 주인자리를 내주고 있습니다.

이런 날 바둑 생각이 나서 학림스님을 찾아갔습니다. 몰래 두는 바둑이 스릴도 있나봅니다.

둘만의 반기는 눈빛이 잠시 오갑니다. 한판을 두고 얼른 올라왔는데, 한번의 인생살이를 경험한 것 같습니다. 바둑을 빗대어 삶을 이야기 해보고자 합니다.

바둑은 작은 나무 판 위에 줄이 그어져 있으며, 흑백의 돌로 서로 한번씩 두어서 누가 많은 공간을 차지하는가 입니다. 이 반상 위에 바둑알을 놓기 전에는 별다른 일도 아닙니다. 그러나 한 점을 놓는 순간부터 자기의 의도에 따른 상대의 방해가 나타나고 유리하게 이끌어 가기 위한 경쟁의 번뇌가 생깁니다. 이로 인해 한 판의 바둑은 본래 별 의미 없는 것에서 출발하여 한 수 한 수에 매몰되어 가면서 때론 목숨을 걸 만큼의 중요한 일이 되어 가는 것입니다. 이것은 일상생활 속에서 하나의 사건이 시작되고 커져 우리의 문제로 발생해 가는 한 단면을 보여주고 있습니다. 대부분의 개인문제, 사회문제화 된 것들이 그 근원을 돌이켜 보면 다 별것 아닌 데서 출발하여 점점 매몰되어 해결되지 못하는 경우가 대부분입니다.

또 한편으로 바둑은 한 수에 따라 수많은 경우의 수를 준비해 둡니다. 그러나 한 수에 따라 같은 결과가 나오는 경우가 없습니다. 이는 상대의 반응이 항상 다르게 나오기 때문입니다. 그러므로 경우의 수는 생각할 수는 있어도 결과는 알 수 없습니다. 이는 우리의 운명도 마찬가지입니다. 사주는 확률입니다. 언제 몇 시에 태어난 사람의 운명이 될 확률을 사주라 합니다. 하물며 바둑판 위의 확률도 알 수 없는데 이 수 억 인구의 순간순간 변하는 마음과 행위의 결과를 맞출 수 있겠습니까? 이 또한 예상은 자유지만 결과는 알 수 없는 것입니다.

이를 수행이라는 입장에서 보면 처음 한 생각이 일어나지 않았을 때에는 자유인이고 평화로웠습니다. 그러나 한 생각 일어남으로부터 상대가 생기고 경쟁심과 분별심이 생겨서 번뇌가 자랍니다. 이로써 별 의미 없던 일들이 물러설 수 없는 중요한 일이 되고, 이를 위해 때론 서로에게 깊은 상처를 입히기도 하고 목숨을 걸기도 하고 빼앗기도 합니다.

그러면 이런 고뇌의 길을 왜 만드는가?

심심해서입니다. 우리의 다툼은 보통 그 원인은 심심해서입니다. 이는 평화를 누릴 줄 모르기 때문입니다. 심심할 때가 평화임을 모르기 때문입니다. 평화를 오히려 불안해하고 무의미 한 것으로 해석합니다. 이것이 내가 그 동안 성장기를 겪으며 계속 번뇌하고 속아왔던 함정이었습니다. 그래서 다시 경쟁의 속으로 뛰어들어 심신을 힘들게 만듭니다. 이렇게 해야만 누군가에게 신세를 갚는 듯해 오히려 마음이 편했습니다.

아! 지금 내가 무엇을 하고 있지? 라는 생각이 들 때가 평화의

문이 열리는 시점입니다. 이때 바로 그만두고 이 문을 열고 안으로 들어와야 합니다. 평화에 대한 두려움을 버리고 말입니다. 세상의 이념이나 의무나 관습, 개념, 기준들이 세상을 힘들게 합니다. 이런 것들이 나를 평화롭지 못하게 하며 경쟁 속으로 끌어들입니다.

나는 이러한 꼬임에 빠져서 얼마나 많은 어려움을 겪었던가. 많은 사람들을 미워하고 상처 주었습니다. 나 스스로도 많은 공력을 낭비했습니다.

이젠 또 그런 일에 뛰어들고 싶지 않습니다. 비록 의무감이나 분노나 이득이나 당위 등등으로 나를 꼬드기더라도 평화 속에서 움직이지 않을 것입니다. 때론 아무리 이 사회에서 초라한 취급을 받더라도 반석처럼 움직이지 않을 것입니다. 미타

바보들의 평화

큰절에서 아침을 먹고 올라오는 길입니다.

주변으로 높은 산봉우리들이 빙 둘러싸고 그 속에 쏙 들어앉은 작은 산자락 마을과 들판들, 그 들판엔 농민들의 땀내가 아직 나는 곱고 여린 벼들이 잘 정리된 논에서 고개를 하늘거리고 있습니다.

저 너머 산과 산 사이로는 온화하면서도 강렬한 아침 햇살이 머리를 내밀며 이 세상을 비추어 오고 있습니다. 그 순간 어디숨어 있었던지 풀잎 끝마다에는 작은 물방울이 있어 이 빛을 영롱하게 반사해 내고 있습니다. 상큼하고 상쾌한 공기는 정말 온

26

몸과 마음을 평화롭게 만들고 맙니다. 이렇게 평화로운데 아!
이렇게 평화로운 세상에 내가 살고 있는데……. 나는 왜 이렇게
평화로운 세상을 자꾸 멀리하고 살게 되는 것일까.

얼마 전에 한 두어 달을 서울에서 일을 한 적이 있습니다. 나는
몹시 지쳤었고 더 이상 버티기 힘들다는 생각으로 가득 찼습니
다. 지금 느끼는 이런 평화가 너무나도 반가운 것은 그 영향이기
도 합니다. 아무래도 도시생활은 우리에게서 이러한 평화를 빼
앗아가고 있습니다. 농촌에서는 돈을 벌기 위해서 많은 사람들
이 이미 도시로 떠났습니다. 그러나 적어도 시골은 그렇지 않은
사람들이 남아 사는 곳입니다. 이들은 손해 본다는 것에 대해서
도 별로 가슴아파하지 않고 지금 안 되면 나중에 이득을 볼 때도
있겠거니 합니다.

좀 억울한 일을 당해도 세상 사는 일에 어느 정도는 감수해야
한다고 생각합니다. 슬픈 일이 있으면 스스로 슬퍼하고 이겨냅
니다. 기쁜 일이 있으면 스스로 기뻐하고 맙니다. 남을 원망하지
않습니다. 이들에게 삶의 터전은 사는 동안 사는 곳입니다. 남을
만큼의 욕심도, 10년 뒤의 배고픔도 남의 일입니다.

그냥 씨 뿌리면 나는 땅에 의지하고 힘들 때 서로 도울 수 있는

이웃 사람들에게 의지하고 삽니다. 가물면 비 내려줄 하늘에 의지하고 살며, 목마르면 흐르는 계곡물에 의지해서 삽니다. 미래에 대한 아무런 대책이 없는 듯합니다. 그러나 그들이 말하는 바보들의 삶은 평화롭습니다. 아침에 해가 뜨면 일어나서 논 한 바퀴 둘러보고 해 지면 일을 마치고 들어와서 잡니다. 이렇게 자연의 흐름에 자신을 얹어서 살기에 그들의 삶은 너무나 자연스럽습니다.

가끔 우리는 지나치게 자연을 두려워합니다. 추우면 추위를 좀 참고 견뎌야 합니다. 더우면 더위를 좀 참고 즐겨야 합니다. 그럼으로써 우리는 훨씬 자연에 가까워 질 수 있으며 이것만이 자연파괴를 막을 수 있는 길입니다. 그러나 이를 참지 못해서 만든 여러 가지 것들 속에 우리는 우리 자신을 가두고 지내고 있습니다.

도시에서의 생활은 자연이라곤 햇빛밖에 없는 듯합니다. 발바닥에서부터 공기까지 우리가 자연에 노출된 시간이 얼마나 되는가. 눈 떠서 눈 감을 때까지 자연과는 동떨어져 살고 있습니다. 하루 종일 흙 한번 밟아보지 못합니다. 그만큼 우리는 자연과 멀리 떨어져 있고 이로 인해 자연스럽지 못하게 살고 있다는 것입니다. 그러면서도 자연스러운 것을 가장 편해하고 찾고 있습니다. 이는 상당한 모순이 아닐 수 없습니다. 편리함의 추구와 엄살은 우리를 더욱 건강하지 못하게 합니다. 우리는 좀 더 자연의 아름다움을 자주 느껴야 합니다. 우리 생활 속에서 자연과 함께하는 것이 편리함과 화려함보다도 더 기쁨을 주고 행복하다는 것을 느껴야 합니다.

'평상심이 도'라는 말이 있습니다. 따로 이것, 저것을 성취하려고 하면 번뇌가 연속된다는 것입니다. 아무래도 자신의 의도가 들어가면서부터 세상은 번거롭기 시작합니다. 그냥 내버려두고 그들을 믿어주어야 합니다. 그렇지 않으면 마음이 놓이지 않습니다. 자식에 대해서, 회사에 대해서 그리고 자신에 대해서도 걱정보다는 믿음을 주어야 합니다. 그리고 '두려워하지 말자. 마음 놓고 세상을 한 번 살아봐야 할 것 아닌가.'라고 생각하고 세상에 대한 두려움을 놓을 때 우리는 자유를 얻을 수 있다고 합니다. 이 자유와 평화로움이 우리가 누려야 할 것입니다.

두려움과 전쟁은 바보들의 삶입니다. 누군가 무엇을 원하면 모두 줍시다.

방에 왔습니다.

그리고 문을 닫지 못합니다.

따사로운 아침 햇살에 살랑거리는 푸른 잎들을 계속 보고 싶습니다.

그 사이로 즐겁게 뛰어다니는 작은 새들을 놓치고 싶지 않습니다.

멍하니 감상에 젖다가 글을 쓰기로 했습니다. 지금 이렇게 방문을 열어놓고 감상을 남기고 있습니다. 그리고 누군가와 이 기쁨을 함께 나누고 싶습니다. 그래서 이 글을 남깁니다.

오늘 이런 기분으로 함께 살자 하고 싶습니다. 미타

등불을 밝혀요. 온 세상에 숨어있는 부처님들이
모두 모두 이 세상에 환하게 드러나도록 말입니다.

장마 속 햇빛

올해는 유난히 장마가 길게 계속됩니다. 오늘 아침엔 모처럼 해가 떴습니다. 아침 햇살이 이렇게 반가운 적이 있었나 싶습니다. 마치 오랫동안 보고 싶어 하던 이를 만난 듯 상당히 흥분됩니다. 유럽 사람들이 햇빛만 보면 옷을 벗고 일광욕을 한다는 것이 조금은 이해가 갑니다. 더욱이 햇빛은 사람에게 기운도 북돋워주나 봅니다. 오래 미뤄두었던 신발을 빨기 시작했습니다. 왠지 빨래 중에 가장 손이 덜 가는 것이 신발인 것 같습니다.

자주하던 것이 아니어서인지 어설픈 솜씨로 운동화 두 켤레를 빨았습니다. 약간의 옷과 함께 3, 40분을 빨고 났더니 허리가 굳어서 퍼지질 않습니다. 요즘은 세탁기로 빨래를 한다지만 예전에 우리 어머니들은 이렇게 힘들여서 온몸으로 했을 것입니다. 마음 한 켠으로 그 분들의 고마움이 번져옵니다.

실상사는 벌판 가운데에 있습니다. 그래서 밥 먹으러 오르내리는 길에 농부들의 일하는 모습을 많이 봅니다. 다 같은 밭과 논 같지만 그 농사짓는 솜씨는 천차만별입니다. 어느 논은 반듯하고 논두렁부터 깔끔합니다. 어느 밭은 자라는 식물도 모두 골고루 잘 크고 힘이 있습니다. 또 보기도 시원한 만큼 일하기도 수월하게 되어있습니다.

하지만 어느 밭들은 밭두렁부터가 구불거리고 간격도 틀립니다. 또 잡초가 작물보다 크고 도통 수확이 기대되지 않습니다. 농사의 경륜과 솜씨가 잘 드러나는 장면들입니다. 이는 언제 밭을 갈 것인지, 언제 씨를 뿌릴 것인지, 언제 풀을 뽑고 밭두렁에 콩을 심을 것인지를 잘 알고 그 시기를 놓치지 않는 데에 달려 있습니다.

조금만 게을러서 그 시기를 놓치면 그 다음 들어가는 노동력이 훨씬 배가 되고 결국에는 좋은 농사를 포기해야만 됩니다. 이는 아무리 열정이 넘치더라도 그 역량을 적당한 시기에 효과적으로 쓰지 않으면 제풀에 무너지는 것과 비슷합니다. 어느 할머니, 할아버지 두 분이 일하는 솜씨와 결과가 어설프고 게으른 농사꾼이 온갖 기계장비를 쓰고 사람을 쓰고 바쁘게 뛰어다니는 것보다 훨씬 소득이 좋은 것을 눈앞에서 볼 수 있기 때문입니다.

노동은 자연과의 호흡인 것 같습니다. 해가 나려하면 고추를 볕에 말릴 준비를 하고 비가 오려하면 밭고랑을 미리 파둡니다. 겨울 내내 언땅이 풀리려하면 씨 뿌릴 준비를 하고 서리가 오려하면 수확을 서둘러 마무리 합니다. 자연과의 호흡이 늦거나 너무 빠르면 노력한 만큼의 소득을 올리지 못합니다.

우리는 자연을 누리거나 이겨내야 할 대상으로 삼아서는 안 됩니다. 자연의 호흡을 미리 알고 함께 호흡을 할 때 우리는 모두 건강하게 살 수 있지 않을까 싶습니다. 힘들면 쉬고 다시 힘이 나면 일해야 합니다. 그 이상은 과욕인 것을 알아야 합니다. 하지만 그것이 과욕이 아닌 성실함이고 부지런한 것으로 이해합니다. 그래야만 경쟁에서 강한 사람으로 좋게 보는 일이 많습니다. 그러나 우리의 몸과 마음은 기계가 아닙니다. 필요할 때 전기를 꽂으면 도는 것이 아닙니다. 쉬어야 할 때가 있고 일해야 할 때가 있습니다. 그 시기를 잘 보아서 일을 해야 노력한 만큼 소득이 있을 것입니다.

　우리는 자연스러울 때가 가장 편안합니다. 편안하지 못한 것은 뭔가 불편하다는 의미이고 이는 자연의 시기와 흐름을 따르지 않고 있다는 증거입니다. 이를 잘 살펴서 우리의 삶을 평온하게 만들어 나갈 때 나와 우리 가정이 그리고 사회 모두가 평화롭지 않을까 싶습니다. 본인이 평온하지 못하고 남을 편케 할 수는 없기 때문입니다.

　이 글을 쓰는 사이에 밖을 보니 나만이 이 햇빛을 즐기고 있는 것이 아닙니다. 온갖 나비며 잠자리, 벌들이 햇빛을 반기며 날고 있습니다. 정말 난리가 아닌 햇빛파티가 계속되고 있습니다.

　나도 얼른 나가서 그들과 함께 즐겨야겠습니다. 마타

아! 황금난인데

믿고 행해가는 것을 신행이라고 하던가! 사람은 자기의 가치관대로 살고 있습니다. 많은 인간들이 모여 살지만 부부사이 조차도 믿는 바가 다르고 생각이 다릅니다. 흔히 자기가 믿는 바대로 세상이 돌아가면 "제대로 된 세상"이라 하고 그렇지 않으면 "잘못된 세상"이라고 합니다. 그러니 우리 세상은 자기 세상 외에는 "제대로 돌아가는 세상"은 절대로 있을 수 없습니다. 이것이 우리가 흔히 말하는 "요즘 세상 돌아가는 지경"이란 말입니다. 그러니 세상이 잘못 되었다고 세상을 향해서 욕하는 것은 많이 하지 말았으면 좋겠습니다. 왜냐하면 우리는 그 가치관에 속으며 살고 있기 때문입니다.

얼마 전에 뒷산으로 포행을 갔다가 난(蘭)을 캐 왔습니다. 난을 캔 자체가 자연 훼손이며 다른 이의 삶의 방식을 나의 욕망을 위해 침범한 것이라는 죄책감에도 불구하고 갖고 싶은 마음에 불쑥 캐왔습니다.

왜냐하면 난이 생전 처음 보는 신기한 야생 춘난이었기 때문입니다. 한마디로 뿌리부분부터 잎 끝까지가 모두 노오란 잎입니다. 일명 황금 난(내가 붙인 이름)이었습니다. 그리곤 인터넷을 뒤졌더니 세상에! 이런 난에 대해선 아무런 언급도 없었습니다. 마치 세상에 유일한 종자인 것처럼 말입니다.

이때부터 기쁨만큼이나 큰 번뇌가 생기기 시작했습니다. 혹 잃어버리진 않을까, 혹 죽으면 어떻게 하나로부터 어떻게 하면 잘 키울 수 있을까? 등등 여간 고민이 생긴 게 아니었습니다. 저녁 정진시간에도 잠깐 사이면 이 난에 대한 온갖 전략으로 생각이 좇아가고 있는 자신을 말릴 수가 없었습니다.

결국 도저히 안 돼서 다음날 휴식시간을 틈타 난을 파는 집에 가지고 갔습니다. 이것을 어떻게 잘 키울 수 있으며 얼마나 고귀한 난인지 확인 받고 싶은 심정이었습니다. 그런데 난 집 주인의 말이 걸작입니다.

"이 난은 우리 마당에 흔해요! 화분에 심지도 않는데요 뭘."

아! 얼마나 충격이던지! 부끄럽기도 하고 얼굴이 달아오르는 것을 겨우 감추었습니다. 사연인즉 이 난은 난의 잎이 계속 말라 죽고 꽃도 피우질 못한답니다. 다만 뿌리만 계속 살아있다고 합니다. 그러니 난으로서의 감상할 가치가 전혀 없다는 것입니다. 그러니 세상에 처음 나온 희귀종이 아니었던 것입니다.

아! 이 진실을 알게 되는 한 순간에 그 동안의 망상이 얼마나 부질없던 것인가를 알게 되고 모든 애착으로 인한 번뇌가 일시에 사라지는 것입니다.

내가 사는 삶의 방식이 이렇습니다. 지금 이 순간에도 나는 어떤 잘못된 이해와 오해 속에서 또 다시 똑같은 실수를 다시 하고 있는지 모릅니다. 다만 절집을 난 집으로 알고 부처님을 난 집의 주인으로 알아서 부처님을 뵙는 순간, 법문을 듣는 순간에 나의 모든 잘못된 이해와 오해 속에서 한 순간에 벗어날 수 있기를 간절히 바랄 뿐입니다.

뭔가 지금 '나의 삶이 이상하다'고 느낄 때가 바로 '벗어나려는 시점'이며 '진실과 만나려는 순간'입니다. 이 순간을 소홀히

하지 말고 이때 부처님을 뵈러가야 합니다. 여건이 안 되면 경전을 보도록해야 합니다.

며칠인가 지난 후에 한 아주머니가 우리 집을 지나가면서 말을 건넵니다.

"스님! 난 캔 것이 있는데 하나 드릴테니 보실래요?"

순간, 얼른 "아뇨, 괜찮습니다." 하고는 묘한 감정에 빠져듭니다.

따뜻한 봄이 오면 제자리에다 다시 옮겨 심으렵니다. 불편하더라도 그 동안만 잘 견뎌주길 빌면서 ……. 미타

뜸북새 소리

새벽 5시가 조금 넘어 세차게 부딪치는 빗물소리에 놀라 일어났습니다.

금방 세상을 떠내려 보낼 것 같아 안절부절 합니다. 먼저 나가서 보일러를 끄려고 하는데 전원스위치를 찾지 못해 실패하고 두꺼비집을 내리려니 우산 없이 세찬 빗줄기를 뚫고 가기엔 마음이 "설마 ……."에 주저앉고 맙니다. 신발을 옮겨 놓은 후에 방에 다시 들어와 창밖으로 빗줄기를 감상하는 여유를 부려봅니다.

갑작스런 소나기는 땅을 후벼 파고 순식간에 큰 물줄기를 만듭니다. 나야 대충 방비를 하고 안심을 한다지만 집이 작은 저 중생들은 얼마나 당황할까 하는 생각이 듭니다. 우선 배수구가 없는 개미집들은 물난리가 났을 것이고, 물 좋고 먹이 많고 안전한 곳이라고 좋은 터를 신경 써서 잡아 지은 작은 짐승들의 집들은 먹이와 새끼를 통째로 떠내려보냈을 것입니다. 자연의 변화부리는 처신은 공평하다지만 받아들이는 처지는 각각이어서 그 피해가 각기 고르지 않습니다.

아! 이것이 인생인가! 세상의 변화는 차별이 없이 행해지지만 받아들이는 각자의 환경과 마음들이 한결같지 않은 것입니다. 당장 내게 걱정이 사라지니 밖의 중생들 걱정이 나를 감쌉니다.

얼마 전 일입니다. 방문을 열다가 머리 위 처마 밑에 큰 거미줄이 처져 있고 마침 큰 거미가 벌 사냥에 성공하여 자신의 오랏줄을 풀어서 한참 칭칭 동여매고 있었습니다. 엉겁결에 벌을 구해야겠다는 생각으로 거미집을 낚아채서 부수고 거미집도 옮길 겸 마당으로 대롱거리는 거미 째로 들고 갔습니다. 그런데 그 사이에 구해주려고 했던 둘둘 말린 벌이 마당에 떨어져 잃어버리고 말았습니다. 이렇게 되고 나니 다시 거미 걱정이 되었습니다.

괜시리 어차피 또 다른 곤충의 먹이가 될 것을, 허둥대는 마음에 집을 잃게 했고 먹이도 빼앗았으며, 거미의 행복감과 평화와 안정된 보금자리를 송두리째 빼앗은 것입니다. 해서 다시 거미를 찾았더니 한동안 충격으로 움직이지를 않았습니다. 혹시나 충격과 분노로 삶의 의욕을 잃어 자살을 할까봐 걱정이 되었습니다.

예전에 어느 스님이 다람쥐가 모아둔 알밤을 생각 없이 훔쳐왔더니 다음날 아침 다람쥐 식구가 그 스님 신발 앞에서 그대로 죽어 있었다고 합니다. 그래서 49재를 잘 지내준 일이 있다는 말을 들은 일이 있습니다.

큰 거미는 먼저의 충격 속에 옴짝달싹도 안 하고 온몸을 움츠려서 공처럼 만들어 마치 분노를 삭이고 있는 모습을 하고 있었습니다. 그 분노에서 한시라도 빨리 벗어나게 하기 위해 충격요법을 쓰기로 하고 건드려 보았습니다.

웬걸 꼼짝도 하지 않았습니다. 아! 정말 자살하려나 보다 해서 더 걱정이 되었습니다. 혹 저러고 있다가 개미군단에게 걸려 죽으면 어쩌나 해서 작은 나뭇가지로 집게를 만들어 안전해 보이는 곳으로 옮기려 했습니다. 막 집으려고 하니 그제야 움직였습니다. 움직이긴 싫어도 뭔가에 붙들리는 것은 더 싫은 모양이었습니다. 다행이다 싶어 만든 집게로 몇 번 건드렸더니 다시 바쁘게 살길을 찾아 구석진 곳을 향해 달려갔습니다.

얼떨결에 사냥 당하는 벌 한 생명을 구하려고 벌인 일이 한바탕 중생들의 소동으로 끝이 났습니다. 아무 소득 없이 모두의 피해로 말입니다. 처음엔 벌이 불쌍한 존재였고 큰 거미가 그 가해자였는데 몇 분 사이에 거미가 불쌍한 존재가 되어 안쓰러우니 나의 마음 씀이 이렇게 변덕이 심한가 봅니다.

아! 이런 것이 세상인가! 불쌍한 이도 괴롭히는 이도 내가 어디에 마음을 두는가에 따라 달라지는 것입니다. 부처님께서 누누이 이르지 않았던가.

"이것이 있어서 저것이 있고 저것이 있어서 이것이 있으며 이것이 사라짐으로 저것이 사라지고 저것이 사라짐으로 이것이 사라진다."

이것 저것 사이에 왔다갔다하며 번뇌만 쌓으면 중생이고 번뇌에 물들지 않으면 부처인가! 중생과 부처도 마찬가지라 중생이 있기에 부처가 있고 중생이 없으면 부처도 없는 것 아니겠나!

한차례 소나기 지나가듯 지나가는 자연에서 삶을 느끼고 배웁니다. 소낙비에 춥고 서글픔에 젖은 듯한 뜸북새가 그런 생각에서 일찍 깨어나라고 "뜸북 뜸북" 소리냅니다. 🏵

수행 그리고 살아가기

지금 나는 은사스님의 방에 있습니다.

차마 죄송스런 마음에 깔아놓은 요는 걷어두고 이불로만 덮고 잤습니다.

자는 내내 스님의 옛 일, 방 구석구석에서 풍기는 향취에 취해 잠을 설쳤습니다.

나도 여기가 좋아지기 시작했습니다.

제자가 스승보다 나은 것은 없지만 단 하나 빠를 수 있다면

이런 소욕지족(少欲知足)의 삶에 당신 연세 때보다 조금 먼저

뿌리내리고 살 거라는 것입니다.

앞으론 능력이 좀 없어 보이는 이가 있어도 함께 살렵니다.
좀 날 괴롭혀도 함께 살렵니다.
좀 골치 아프고 우리 일에 방해가 되고 손해를 끼쳐도 함께 살렵니다.
왜냐하면 우리 목적은 함께 사는 것에 있기 때문입니다.
일은 무상하더라도 삶은 아름답게 살아볼 만하기 때문입니다.

내겐 은사스님이 계시다

내겐 60 중반을 넘기고 계시는 은사스님이 계십니다.

막내 동생과 지리산에서 인연을 맺은 지가 30년이 넘어갑니다.

8살 때부터 절로 떠돌다 10살 즈음에 은사 스님이신 지하 스님을 뵙게 되었습니다. 그리곤 지금 은사스님은 노장님이 되셨고 나는 커서 40줄에 들어서고 있습니다. 그동안 살아온 시간들 속에서 기억에 남는 몇 번의 교감의 회상은 나를 늘 행복에 젖게 합니다.

은사스님은 나의 들쑥날쑥하는 학교성적 때문에 고등학교, 대학교 원서를 쓸 때면 꼭 학교를 찾아서 각서를 써야 했습니다.

그리곤 다녀가셨단 말 한번 안 하셨습니다.

그것은 내가 한참 운동장에서 뛰놀고 있을 때 학교 친구들이 얘기해 줘서 압니다. 봄, 가을로 도통(부처됨)하겠다면서 가출하거나 학교를 일주일씩 빼먹어도 한번도 큰소리로 나무란 적이 없습니다. 늘 왜 그랬는지를 물어주고, 자세히 들어주며, 나의 생각도 일리가 있다고 인정해 주십니다. 이는 나의 사고능력과 판단력을 키워나가는 데 자신감을 갖게 해주었습니다. 그리고 늘 어디 있는지 알고 계시면서도 찾아오는 일은 없습니다. 보채는 일도 없습니다. 스스로 돌아올 때까지 기다려 주십니다. 그리고 돌아온 것을 은근히 기뻐하십니다.

이것이 우리스님의 교육방법이었습니다. 난 늘 이 방법만큼 좋은 교육방법을 들어보지 못했습니다. 아직 말씀드리지 못했지만 그때 늘상 스님이 든든하게 믿어주고 있다는 그 느낌, 그것이 내게 무엇보다 소중한 힘이었고 다른 친구들보다도 더 자랑스럽게 살 수 있었다고 언젠가 말씀드릴 수 있었으면 합니다.

한번은 진주 대아고등학교를 다닌 적이 있습니다. 스님께서는 잘 아는 신도를 통해 방도 잡고 밥도 해주도록 준비해 주셨습니다. 그런데 석 달 후 나는 학교 공부가 내겐 무의미하다는 편지한 장 남기고 지리산 영원사로 떠나버렸습니다.

나중에 은사스님의 은사스님께 들은 얘기인데 내 얘길 꺼낼 때 은사스님 눈에 눈물이 고였었다고 말씀해 주셨습니다. 그 후로 다시는 안 그러겠다고 다짐했건만 나의 젊음의 혈기는 나를 평이한 삶으로 살게 내버려두지 않았습니다.

군대를 제대하고 또 한번의 가출로 은사스님을 힘들게 했습니다. 그리고서야 가출행각을 끝을 맺을 수 있었습니다. 아니 이젠 세상에 가출할 곳이 없어졌기 때문인지도 모릅니다. 이곳저곳이 많이 다르거나 다를 것 같아야 가출을 하는데, 여러 번의 경험으로 미루어 현실과 도피할 세상이 따로 다른 곳에 있지 않다는 것을 자각하게 되었습니다. 그래서 이젠 더 이상 가출할 곳을 잃어버렸습니다.

자못 평행선만 그을 것 같았던 스님과의 관계는 내가 철이 조금씩 들어가면서 동화되고 있었습니다. 아니 이제서야 내가 스님의 삶을 조금씩 이해하고 받아들이고 사랑하기 시작한 것입니다. 스님은 조계 종단의 혼란한 시기에 종단의 일원으로서 40년의 세월을 봉사하셨습니다. 종단의 요직을 두루 거치시고 작년에야 종회의장을 마치고 은퇴하셨습니다. 그리곤 바로 3개월간

하루 10시간을 참선하는 선방을 마치셨습니다. 좋으셨는지 몇 년 계속 다니실 계획이라고 하십니다.

지금 나는 그 은사스님의 방에 있습니다. 잠시 안 계시는 사이에 절에 49재가 있어서 대신 온 것입니다. 그리고 스님의 잠자리에서 하룻밤을 잤습니다. 차마 죄송스런 마음에 깔아놓은 요는 걷어두고 이불로만 덮고 잤습니다. 자는 내내 스님의 옛 일, 방 구석구석에서 풍기는 향취에 취해 잠을 설쳤습니다. 그렇게 종단의 큰일을 평생을 하셨건만 지금 여기는 다락방입니다. 한 채 있는 무허가 건물에 할머니 두 분이 함께 쓰는 방 하나와 이 다락방밖에 없어서 내가 와도 잘 곳이 없습니다.

10여 년을 사셨지만 이것도 이렇게 손본 지 6개월쯤 전입니다. 그 전엔 여름은 더워서 마당 평상 위에 모기장을 치고 자고, 겨울은 추워서 방에서 이불을 둘러쓰고 계셨습니다. 좁은 방에 앉을 곳도 없는데 깔아놓은 요를 들추며 이곳이 따뜻하다며 자리를 마련하십니다.

지금 이 다락방도 허리 펴고 설 수 있는 곳은 가운데 부분뿐이고 나머지는 고개를 숙여야 합니다. 처음엔 어색하고 죄송스럽기까지 했는데 지금은 적응되어갑니다.

나도 여기가 좋아지기 시작했습니다. 옆에 화장실로 사용하던 조립식 창고가 있는데 그곳의 안을 손봐서 내 숙소로 쓸 생각입니다. 제자가 스승보다 나은 것은 없지만 단 하나 빠를 수 있다면 이런 소욕지족(少欲知足)의 삶에 당신 연세 때보다 조금 먼저 뿌리내리고 살 거라는 것입니다. 미타

은사스님의 다락방에서

실상사에서 하루 먼저 해제하고 은사스님 절에 왔습니다. 오늘이 전국의 선방스님들이 동시에 해제하는 백중날이기 때문입니다.

작년 여름 은사스님께서 40년 종단의 공직을 끝으로 선방에 들어가시면서부터 이곳의 결제 중에 있는 큰 행사는 내 일이 되었습니다. 나도 실상사에서 결제를 나느라 중간에 한 두 번 보고 가는 처지여서 아직 우리 절이지만 구석구석에서 낯선 기운이 많습니다. 은사스님은 이런 나를 배려해서 하나뿐인 본 건물 옆에 세면장으로 쓰던 작은 조립식 건물을 방으로 만들어 주셨습니다.

　은사스님의 다락방에 비하면 좀 작지만 어찌 크기로 문제를 삼을 수 있겠습니까? 그래도 본래 집으로 계획하고 지은 것이 아니어서인지 방바닥이 마당의 바닥과 높이가 같아 마치 마당에 눕는 느낌이 들어서 조금은 기분이 어색합니다. 그러고 보니 은사스님 방은 너무 높고 내방은 너무 낮은 곳에 있습니다. 그래도 그 마음은 이 높낮이로 어찌 멀다할 수 있겠습니까?

　스님 마음에 부족한듯 하셨는지 방을 마련해 두고 가시고는 나중에 오는 나에게 반응이 궁금하셨나 봅니다. 절을 지키는 80이 넘은 노보살과 70 중반의 노보살에게 은근히 반응을 묻더랍니다. 물론 난 아주 맘에 든다고 말해 두었습니다. 기실 아주 맘에 듭니다. 우리는 때론 큰 방이 필요하기도 합니다. 그러나 때론 작고 소박한 방이 좋을 때도 있습니다. 넓고 큰 것은 무언가 할 일이 많고 번거로운 때인 것 같습니다. 그러나 그런 것에 지치거나 미련이 없을 때에는 작고 소박한 것이 너무나 편하고 좋습니다.

　나도 그런 느낌인데 종단의 중요한 직책을 맡으시며 40년을 애쓰신 은사스님은 오죽하실까. 은사스님을 보면서 나는 겪어

보지 않고도 인생에서 몸과 마음을 쉬는 법을 가까이에서 배우고 있어 너무 좋습니다.

옛 성인들이 모두 한결같이 말하지 않았던가. "세상은 무상한 것"이라고. 은사스님은 이 무상한 세상 마지막으로 공부나 하며 보내자고 하십니다. 너무나 반가운 모습이어서 얼른 좋다고 했습니다. 이처럼 아름다운 황혼을 준비하고 만들어 가시는 모습이 너무 고맙습니다. 내 명을 비록 다 누리지 못할지라도 그 황혼의 차에 동승하고 싶습니다. 그럼에도 아직은 내 마음 저 깊은 속에서는 미련이 남아 있나봅니다. 속으로 '스님, 한 10년 일 좀 해야 될 것 같은데요.' 합니다. 이제껏 종단과 승가 그리고 재가의 은혜를 입었으니 이제 제가 봉사해야 할 때를 한 10년 잡고 있다고 늘 생각해오던 터였습니다.

허나 나도 알고 있습니다. 이것이 얼마나 부질없는 나 스스로의 명분 만들기인지를 말입니다. 그러나 너무 늦어서 스님의 황혼차를 놓치진 않을 거라 믿습니다. 왜냐면 스님은 더욱 정정해지시기 때문입니다. 얼마 전 해제 때 스님을 뵙고 인사드린 적이 있습니다. 말씀 중에 내 손을 잡으면 그 기운에 내 팔뚝이 아팠습니다. 속으론 기분이 좋았습니다. 누가 그러던가 '등에 업힌

아버님의 가벼운 무게에 가슴이 아팠다고.' 나는 그와 반대입니다. 오히려 내가 그때까지 버틸지 걱정입니다.

내일 서울에서 은사스님을 뵙기로 했습니다. 하루 저녁을 함께 보내고 다음날 점심까지 아시는 절에 약속을 해 두셨답니다. 함께 정진했던 후배 스님 한 두 분도 같이 오신답니다. 통화 끝에는 나의 공부도 점검해 보시고 싶으시답니다. 공부가 충분치 못해 뵙기 부끄럽지만 그 목소리에서 공부인으로서 가질 수 있는 자신감과 열정을 느낄 수 있었습니다. 그리고 자신에게 정직하지 못하다면 60 중반을 넘긴 분으로서 흔히 할 수 있는 말씀이 아닙니다. 예전과 달리 자주 보는 은사스님과의 만남이지만 오랜만에 가슴이 설레고 있습니다.

아직 비가 옵니다.

손수 운전하시고 봉암사에서부터 오시는 길에 무탈하시길 오시는 길을 바라보고 축원합니다. 늘 건강하시고 공부에 장애 없으시기를 기도드립니다. 미타

꿈을 먹고 사는 바보들

엊저녁 서울 한복판 공기가 쌀쌀했습니다. 오랜만에 보는 반가운 도반이 감기를 안고 왔습니다. 토요일이어서인지 약국이 문을 닫았다고 합니다. 그래서 함께 나가 약국을 찾아서 한참을 헤매다 겨우 약을 구해 왔습니다. 이렇게 사람이 많이 사는 곳에서도 오늘 같은 휴일에는 외부인이 약을 구하기가 쉽지 않습니다.

다행히 밤새 잘 쉬었는지 아침에 일찍 일어나서 나댑니다. 무언가를 열심히 하더니 지금은 이부자리에 눕습니다. 그럼 그렇지 세상일이 그렇게 하룻밤 새에 좋아지는 일은 잘 없는 것입니다. 비록 감기지만 꾸준한 인내력으로 이겨나가지 않으면 극복되지 않습니다.

요즘은 사실 일에 지쳐있습니다. 하루를 살펴보면 아침 눈뜨자 일이고 저녁에 피곤에 지쳐서 잠이 들 때까지 일입니다. 어제도 환자 옆에서 코를 오래 골았다고 투덜댑니다. 이렇게 사는 내 모습이 아무래도 문제가 있는 것 같습니다.

아침이면 새벽공기를 마시며 해 뜨는 것을 바라보는 것을 즐깁니다.

추울 땐 따스한 태양빛을 쬐며 담벼락에 붙어서 나른하고 편안한 느낌을 즐깁니다.

또 잠자리에 들었다가 소변을 참지 못해 억지로 밖을 나와 하늘의 별을 보는 맛은 더욱 즐겁습니다. 아! 생각하면 얼마나 많은 즐거움이 있었던가. 모두를 기술할 재주가 없습니다. 그런데 지금은 어떤가! 이 모든 것을 추억 속에 담아두고 생각날 때마다 가끔씩 꺼내서 살펴보고 감상하고 있습니다. 분재나 수석을 즐기는 사람들의 처지가 되어 갑니다.

며칠 전에 실상사 근처에 간 일이 있습니다. 해제를 하고 처음 대중들을 만났습니다. 함양 목사님들과 축구 시합이 잡혀있었기 때문입니다. 결제 세달 동안에 11게임을 했는데 8승 3무로 시즌을 마쳤습니다. 마지막 경기를 마치고 저녁을 먹으며 누군가 한마디 합니다.

"스님! 제가 진짜 선수가 된 것 같아요. 스님은 진짜 감독 같구요."

그렇게 난 감독으로 이 스님들은 진짜 선수로 결제 동안의 축구를 마쳤습니다. 그리곤 이번에 시합이 잡혔던 것입니다.

아무리 바빠도 안 갈 수 없었습니다. 지방을 돌다가 올라오는 길에 함께 했습니다. 여전히 건강하고 밝은 모습들에 반가움과 기쁨이 더했습니다. 그리곤 아주 많은 점수 차이로 이겼습니다. 미안함이 더했지만 결과를 돌릴 수는 없는 일입니다. 목사님들이 집에 돌아가서 가족들에게 어떻게 말할 것인가를 생각하니 혼자 있는 우리가 지는 편이 나았을 거란 생각도 들었습니다.

이렇게 살다가 매일 그리고 매시간 바쁜 모습으로 보내는 나의 모습에 주의 도반들이 놀래고 있습니다. 무엇을 위해서인가. 살면서 고민이 없는 곳은 없습니다. 시골에서 대중과 있을 때에는 오늘 어떻게 마당에 풀을 뽑을 것인가 화장실 청소를 누가하고 밥을 누가 할 것인가 라든지 이런 고민들입니다. 이는 사는 이들이 모두 함께 느끼고 볼 수 있는 일들입니다. 그래서 그 과정도 함께 느끼고 결과도 함께 느끼며 삽니다. 사는 공간과 시간이 함께 하는 것입니다. 그러나 지금 나의 일들은 좀 다릅니다. 해외 포교를 위해 잡지를 만든다고 하고 그러기 위해서 서울의 오피스텔에서 생활하고 있습니다. 또 종단의 선거를 청정하게 끝나도록 지키기 위해서 하루 종일 감시활동을 하고 있습니다. 이러한 일들은 기존의 많은 관습과 편안함에 불편을 주는 일입니다. 또한 도반들과 공간과 시간을 함께 나누지 못하는 일들입니다. 아니 어쩌다 특별히 경험과 고민을 함께 하는 이들이 아니면 공감대를 만들어 나가는 데에 정말 어려움이 있습니다. 이것이 날 가끔 외롭게 만들고 어찌 보면 이런 곳에서 이렇게 살아가는 모습으로 나타날 수밖에 없는지도 모릅니다.

아직은 세상에 대해 편안함보다는 이상을 위해 노력할 기운이 남아 있는 것 같습니다. 포기보다는 용기와 희망을 가지고 있는 것 같습니다. 이런 일들에 많은 이들이 시공간을 함께 할 수 있으면 외롭지 않을 거라 생각합니다. 오늘 밤도 비록 감기 걸린 도반이라도 그런 친구들이 찾아오면 좋겠습니다. 아직도 꿈을 먹고 사는 바보들 말입니다. 마타

봉정암 사리탑 앞에서

도반스님이 있는 보라매법당에 갔다가 우연히 설악산 봉정암 참배를 인솔할 스님을 찾는다는 말을 듣고는 선뜻 나섰습니다. 몇 번이나 봉정암 참배를 마음 냈다가 여태 결행하지 못하던 차였기 때문이었습니다.

출발하는 날은 날씨도 좋았습니다. 백담사를 휘감아 내려오는 계곡은 때마침 절정인 단풍과 함께 수려한 산세로 보는 이에게 감동을 주고 있었습니다. 버스 한 차의 인원을 인솔하며 가장 뒤에서 여유 있게 올랐습니다. 틈나는 대로 산세를 보고 흐르는 계곡을 즐기고 단풍을 즐겼습니다. 이 보고 느끼는 즐거움이 여간

이 아닙니다. 그래서 예로부터 "단풍놀이"란 말이 생겼나 봅니다. 힘이 부칠만 하면 계곡에 자리 잡고 물에 손 담그고 쉬면서 또 주변을 감상합니다. 한 폭의 산수화 속이 틀림없습니다. 몸만 건강하다면 언제든지 이런 산수화 속의 주인공이 될 수 있으니 우리나라는 그림이 잘 안 팔릴 거란 생각이 듭니다.

이렇게 산행을 즐기는 사이 어느덧 멀리서 목탁소리가 들리는 듯합니다. 이렇게 봉정암이 눈에 들어왔습니다.

봉정암 주변의 바위들은 아름다움의 절정입니다. 기암괴석의 사이에 절이 자리 잡았습니다. 절터에 비해 너무 많은 참배객들로 붐비고 있었습니다. 스님들의 숙소도 그날 오는 대로 모여 자기 때문에 복잡하고 좀 불편합니다. 하지만 이곳에 오는 대부분은 편안한 잠자리를 이미 포기한 사람들입니다. 좁은 법당은 스님들에게마저 예불의 기회를 주지 않았습니다.

신도님들에게 양보할 것을 사중스님들에게 권유받고 밖에서 저녁예불 소리만 들어야 했습니다.

다음날 새벽 3시 밤새 예불을 올리지 못한 아쉬움에 잠을 설쳤습니다. 도저히 견딜 수 없어서 사리탑이 모셔진 곳을 갔습니다. 자연스런 절벽 끝 바위에 오랜 풍상을 겪었지만 단아하고 위엄 있는 모습의 사리탑이 어두운 곳에서 빛 없는 빛을 내어 자신의 모습을 드러내고 있었습니다. 그 앞에 빈자리가 있어서 무작정 앉았습니다.

날씨가 좋지 않아서 가랑비가 가사를 적시고 세찬 바람은 아래에서부터 위로 좌, 우에서 이리 저리 불며 숨을 막아 기도하는 이들의 염불을 방해하고 정진력을 시험하고 있습니다.

신도들을 인솔하고 온듯한 스님 한 분이 그 와중에 서서 목탁을 치고 석가모니불 정근을 합니다. 어둠 속에 서로의 얼굴을 확인할 수 없는 이들이 각자의 원력을 성취하기 위해 쉴 새 없이 절과 염불을 함께 하고 있습니다. 가랑비와 세찬 바람에 춥고 입이 막혔지만 아무도 물러서는 이가 없었습니다.

행여 혼자 물러설 수도 없어서 계속하기를 2시간 30분, 도저히 못 참고 일어섰습니다. 한편으로 내가 남들에 비해 신심이 있고 수행력이 있을 거라 생각했는데, 부끄러운 생각이었습니다. 아! 내가 이 정도구나. 이것이 '나'이구나 라는 생각이 꽉 차게 떠올랐습니다. 그런데 그제서야 내가 사랑스러워지는 느낌은 무엇일까요? 진짜 '나'를 본 듯한 느낌 말입니다.

그 동안 내가 잘난 줄 알고, 앞장서야만 되는 상황이 있었다고 생각했습니다. 또 내가 나서지 않으면 바로 가지 않을 것 같다는 생각으로 정의감에 불타기도 했습니다. 그러나 그로 인해 나 자신과 주변을 얼마나 번거롭게 했던가? 내가 잘나지도 옳지도 않으며 반드시 그래야 될 이유도 없다고 생각을 하니 그렇게 편할 수가 없었습니다.

기도를 끝까지 못한 것이 아쉬우면서도 이런 자신을 받아들이는 나에게서 더 큰 기쁨을 얻습니다. 2등에 대한 두려움, 남들보다 뒤진다는 것에 대한 두려움, 이것이 나를 얼마나 번뇌롭게 했던가. 그러나 이제 여기에는 꼴등에 대한 여유가 있으며, 뒤처짐으로 인해 만끽할 수 있는 한가함이 있었습니다.

앞에 서면 인간이 보이지 않기에 차라리 자비를 행하기 어렵습니다. 주변과 뒤를 돌아보고 함께 하고자 할 때 봉사행이 나올 수 있을 거란 생각이 듭니다. 그래서 이젠 주변 사람들 그리고 연세 드신 우리 은사스님, 나를 키워주신 할머니 보살님들 이분들께 작은 마음이나마 쓰는 재미로 살고자 합니다. 그것이 그 동안 나의 삶의 방식보다 훨씬 내 삶을 풍요롭게 할 것이란 생각입니다.

하산하는 길은 몸과 마음이 더욱 가벼웠고 주변이 좀 더 많이 보였습니다. 이렇게 한풀 자기 상을 벗겨 가는 것으로 삶의 보람을 삼고 살아보렵니다.

지금 글을 마무리하며 봉정암 사리탑을 향해 다시 머리 숙입니다. '참배하러 오는 모든 이에게 올라올 때의 짐들을 하나씩 벗겨주소서!' 하고 말입니다. 🔴

깨달음의 지혜는 밖으로부터 얻는 것이 아니라
내가 본래 가지고 있는 것입니다. 다만 스스로 깨닫지 못할 뿐입니다.

서로 감동을 주며 사는 세상

이 포대기 가져가. 아니면 애기를 주든지.
여보 그냥 잘게요. 여기 마른 검불 있잖아요.

가난한 부부 두런거리는 어둠 속에 밤손님
훔쳐온 누더기 이불 던져 놓고 눈물 훔치며 나온다.
〈재연 스님의 "수비시따" 중에서〉

이글을 보고는 생전 처음으로 시집 한권을 샀습니다. 사람에
게 감동을 주는 것은 오랜 세월도 먼 장소도 장애가 될 수 없나

봅니다. 그 밤손님의 훔치는 눈물이 내 눈에도 비춥니다. 이 대화는 아마도 사전에 준비되지 못했을 것입니다. 그러나 우연처럼 퍼뜩 지나간 대화이지만 나란히 아기를 사이에 두고 누운 부부의 가슴으로 폭포수처럼 흐르는 사랑이 서로를 잠들지 못하게 했을 것입니다.

어느 연세 드신 할머니 생각이 납니다. 약간의 치매로 세상일을 다 잊은 분이시지만 계속해서 보는 이 마다 붙잡고 되뇌시는 말씀이 있습니다. 예전에 아들이 나를 위해 예쁜 옷을 사 주었다는 이야기 등입니다. 자식을 위해 하신 수많은 일들은 모두 기억에 없으시고 다만 자식이 조그마한 정성을 베푼 것만을 평생의 감동으로 가슴속에 남겨 놓으신 것입니다. 그러니 그 감동이 주는 행복감이 할머니를 살게 하는 유일한 생명수일 것입니다.

겨울안거 해제를 하고는 두 달 남짓 서울에서 사회인들처럼 오피스텔에서 일을 했습니다. 그리고 「Clear Mind」라는 해외포교를 위한 잡지(창간호)를 냈습니다. 고생스러운 일의 성과물이기도 하지만 그것에 우선하는 것이 있습니다.

내가 무슨 일을 하는지 잘 설명도 못하지만 나를 믿어주고 그저 도와주겠다고 마음을 내주는 분들에게서 받은 감동이 그것입니다. 책을 고민하며 수많은 생각들을 했지만 지금 기억에 남는 것은 바쁘고 힘든 와중에 쉬어야 할 자기시간을 포기하고 피곤한 얼굴로 도움의 손길을 주는 그 분들의 표정입니다.

사람들이 살아가는 목적은 다양합니다. 어떤 이는 돈을 목적으로 삼고 어떤 이는 권력을 목적으로 삼습니다. 또 사람들에게 감동을 주는 것을 목적으로 하는 이들도 있습니다. 하지만 모든 것에 우선해야 하는 것은 사람들에게 감동을 줄 수 있어야 합니다.

모든 현대의 산업들이 사람의 마음을 끌기 위한 수단들인 것도 그 때문입니다. 여기서 마음을 끌어들이는데 성공하면 돈으로 보상이 돌아옵니다. 그러므로 상인은 세상 사람들을 잘 살펴야 합니다.

그들 자신도 모르는 정말 필요한 것이 무엇인지를 살펴야 하고 그래서 필요한 이들에게 필요한 상품을 갖도록 하는 것입니다. 얼마만큼 필요한 이들에게 적절하게 잘 서비스하는가가 핵심입니다. 그런데 가끔 돈을 벌기 위해 장사하는 이들이 있습니다. 그리고 성공하는 경우는 난 잘 모르겠습니다.

가족의 사랑을 얻기 위해서도 마찬가지입니다. 가족을 잘 살피고 가족이 필요로 하는 것을 찾아야 합니다. 그것이 가장 소중하고 또한 어려운 일이기도 합니다. 반드시 산 속에서 산삼을 찾았을 때만 흥분되는 것은 아닙니다. 이 일을 생각해 냈을 때 그 기분도 날아갈듯 할 것입니다.

서로가 감동을 주기 위해 사는 세상이면 얼마나 아름다울까. 또 우리 매체들이 그 감동을 지켜보고 전해 듣는 내용들로서 채워진다면 또 얼마나 기쁜 세상이 될까. 오늘 하루 누군가를 감동시킬 일을 생각해 내고 한 번쯤 준비해서 시도해 보면 어떨까싶습니다.

이 일은 그에게 그리고 나에게 생각보다 큰 감동의 선물이 될 것입니다. 진정 행복한 세상을 위해 10분만이라도 감동을 만드는 데 투자해 봅시다.

"수비시따"(시집)

실상사 서점에서 책을 뒤지다 우연히 펼쳐 보게 된 시 입니다. 이는 인도에서 오래 수학한 재연 스님이 그들의 생활 속에 오래도록 흘러내려오던 시를 번역한 것입니다. 마타

아름다운 죽음

    오랜 도반이 제주도에서 막 49제를 마치고 왔습니다. 스님의 외할머니의 49제를 마치고 오는 길입니다. 들어보니 15년쯤 전 평생을 지리산의 절을 돌면서 절에서 청소하고 남는 것을 바랑에 메고 다음 절로 가서 또 며칠을 청소하고 또 다음 절로 가시면서 생을 마치신 외할머니 생각이 나서 그 삶을 회향하는 모습을 소개하고 싶습니다.

    미국에서 공부중인 스님은 91세인 할머님이 돌아가실 거라는 연락을 받고, 황급히 표를 사서 한국 길에 올랐습니다. 자신을 길러 준 할머님의 마지막 이생의 삶을 함께하고 싶었기 때문입니다. 할머님은 아홉 명의 자녀 중에 일곱을 잃었다고 합니다. 이런 역경 속에서도 만암 스님께 '대덕화' 라는 법명을 받은 후 직접 시골의 작은 사찰 하나를 운영하며 평생을 염불과 간경으로 여생을 보냈다고 합니다. 도반 스님은 자주 "불교의 모든 것은 바로 이 할머니의 삶을 바라보면서 배웠다." 라는 말을 자주 하곤 했습니다.

임종하는 날 14시간이라는 장시간의 비행과 공항에서 광주에로의 4시간의 여정을 마치고 도착한 시간은 오후 5시였습니다. 도착했을 때 이미 할머님은 눈을 뜨지 못했으나 도착을 알리는 귓속말에 손을 꼭 잡으셨다고 합니다. 나중에 안 일이지만 도반이 오는 동안 기다리겠다고 한 약속을 지켰던 것입니다. 중요한 것은 몸과 입과 뜻이 꺼져가는 그 순간에도 할머님의 입가에 흘러나오는 소리는 '나무아미타불' 이었습니다. 한 시간 동안의 가냘프나 끊어짐 없는 염불은 점점 문구가 줄어들더니 6시 무렵 "나무"라는 첫 번째 구절을 마지막으로 고요히 이생을 마치신 것입니다.

할머님의 아름다운 죽음은 우리에게 커다란 가르침을 던져줍니다. 육신과 정신의 불이 꺼져갈 때 닥쳐오는 두려움과 고통을 넘어 평온하게 흘러나오는 '나무아미타불'은 바로 이 분의 삶의 에너지의 원천이 어디에 있었던가를 보여준 것이라 생각됩니다. 단순히 아미타 부처님의 자비와 원력의 힘을 말하는 것이 아닙니다. 끊임없이 밀려오는 인생의 환란 속에서 흔들리지 않고 웃음을 잃지 않으며 초연하게 살아올 수 있었던 것은, 이런 모든 것이 중화되고, 무력화되어 사라지는 본원적 자리를 맛보았기 때문일 것입니다. 일념 염불을 통해서 말입니다.

할머님의 염불수행의 승화는 평소에 손수 만들어 스님이나 신도들에게 나누어 주었던 수많은 작은 손수건에서 드러납. 그 섬세함과 정교함 그리고 따뜻한 기운은 그 분의 영적 힘의 표현이라고 하지 않을 수 없습니다. 그래서 그런지 49제에 70여분이 넘는 스님을 비롯하여 500여명의 인연 있는 신도들이 운집하여 할머님의 아름다운 수행의 삶과 죽음을 기렸다고 합니다.

이분들의 삶은 수행을 실천하는 삶을 그대로 보여주고 있습니다. 늘 친절하게 웃으시고 옳고 그름의 시비를 좋아하지 않으며 자비행의 실천으로 몸소 보여주고 있습니다. 수행력이 높으신 스님을 모시고 사는 대중은 두루 평온합니다. 오래 수행한 불자들의 이런 모습은 지금 불교에 인연되어 기도와 수행생활을 하는 이들에게 희망과 용기를 줄 것입니다.

스님들은 깨달음을 성취하여 부처님이 되는 것이 최종목표입니다. 이 목표를 이루기 위해서 수행하고 포교하고 복덕을 쌓습니다.

그러면 신도님들은 어떤 모습이 목표가 되어야 할까요! 그 방향을 이러한 노보살님들이 잘 보여주고 있습니다. 다시 한 번 대덕화 보살님의 왕생극락을 축원합니다. 미타

서울 한복판에서 살아가기

다시 해제하고 서울에 왔습니다. 봄에 시작했던 한국 불교의 세계화를 위한 포교 잡지 "클리어마인드"를 계속 발간하기 위해서입니다.

서울에서도 한복판인 조계사 법당 정면 쪽에 사무실을 두고 있습니다.

3개월의 결제기간 동안 깊은 산속 지리산 실상사에 있다가 갑자기 서울 한 복판으로 삶의 자리를 옮긴 것입니다.

여기에서는 밤이면 반짝이는 별들도, 아침이면 햇빛을 머금어 반짝이는 영롱한 이슬들도 볼 수가 없습니다.

황토방도 없습니다. 대신에 자고나도 개운치 않은 화학약품의 진이 덜 빠진 고층의 새 건물에서 일도 하고 잠도 잡니다. 그래도 이러한 변화들은 나의 반쪽의 변화일 뿐입니다. 또 하나의 변화는 일하는 데에 있습니다.

선방에서 참선을 할 때에는 생각을 만들지도 쫓아가지도 못하게 합니다.

모든 마음의 반연인 생각을 끊어야 하는 것입니다. 왜냐하면 모든 업이 이 생각으로부터 시작되기 때문입니다.

이런 수행을 하다가 이곳에 와서는 하루 종일 생각 속에서 시달려야 합니다. 뭔가를 생각해 내야 하고 다른 이들의 생각을 배워야 하며 그들과 경쟁해야 합니다.

그 속에서 살아남기 위해서 피곤한 몸과 마음을 쉴 틈 없이 부려야 합니다. 이 상반되는 상황을 어떻게 받아들이고 소화해 내야 할 지 고민입니다.

특히 불교 수행과 정 반대의 삶의 목표와 방식을 선택하고 있는 이들의 한복판에서 어떤 의미를 가지고 존재해야 할지 또 다시 걸망을 메고 이곳을 떠나는 것만이 최선의 길인지 판단이 잘 서질 않습니다. 그러나 그런 판단을 하기 전에 이곳 사람들의 삶을 좀 더 살펴볼 필요가 있을 것 같습니다. 상대에 대한 충분한 이해만이 다름을 극복할 수 있는 길이기 때문입니다.

아침을 먹고 산책을 하다보면 서서히 사람들이 이곳으로 몰려옵니다. 모두가 잰걸음이고 약간의 피로가 덜 풀린 모습들입니다. 그리곤 개미떼처럼 몰려오던 사람들이 순식간에 사라져 버립니다. 거대한 빌딩들이 그들을 삼켜버리기 때문입니다.

점심 때가 되면 또 어디서 나오는지 골목과 식당들이 꽉 찹니다. 부딪히는 어깨들과 눈길에도 미안하다는 말을 할 여유도 없습니다.

고개도 돌리지 않고 가버립니다. 모르는 사람이고 나와 상관없는 사람이어서입니다.

실상사에 있을 때에는 매일 보는 얼굴만 봅니다. 어쩌다 다른 존재가 우리 공간에 나타나면 온통 그에 대한 관심과 얘기로 그에 대한 새로움이 사라질 때까지 입에 올립니다. 그러나 이곳은 다릅니다. 사람은 많은데 아는 사람이 더 적습니다.

누가 힘들어 해도 관심을 둘 수 없습니다. 그냥 무시하고 자기 보금자리로 부지런히 가는 것이 현명한 일이 되어있습니다.

이는 사람에 치이는 도시적 현상 때문이라고 봅니다.

인간이 스스로 인간의 존재가치를 가볍게 만들어가고 있는 것입니다.

경쟁에서 이기는 자만이 존중되고 이로 인해 돈을 많이 버는 것이 목적이 되어버린 이 환경 속에서 인간의 행복이나 삶의 풍요는 소외되고 있습니다. 일을 위해서 또는 돈을 위해서 바쁘다는 이유로 소중한 가족과 친구와 달콤한 휴식의 시간들을 놓치게 되는 것입니다.

나는 만남을 즐기는 편입니다. 더욱이 오랜만에 보고 싶은 이들을 만나는 것은 더욱 즐거운 일입니다. 그러나 나도 이제는 이 기회를 많이 잃어버리고 있습니다. 사람만이 아닙니다. 자연을 만나는 시간도 많이 줄었습니다.

예전엔 마음만 내면 바로 앞산, 뒷산으로 아니면 동해, 서해로 갈 수 있었습니다. 비록 좋은 호텔이나 식당은 아니어도 즐거움을 누릴 수 있었습니다. 이 맛에 출가한 것을 고맙게 생각하곤 했습니다. 그러나 이곳의 환경에서는 그것은 사치스런 행동으로 인식됩니다.

며칠 전에 이곳 생활이 하도 답답해서 훌쩍 떠난 적이 있습니다. 오랜만에 보고 싶은 이를 만나고 왔습니다. 그 바람에 온통

스케줄이 얽혀서 나에 대한 신뢰를 도반들이 의심하는 일이 있었습니다. 단 하루였는데도 말입니다.

이 일을 겪으며 도시인들이 사람에 대해 더 갈구하는지도 모른단 생각이 들었습니다.

그들은 나를 친구로 맞아들였고 그 친구가 이 힘든 세상에 함께 남아 있기를 원하고 있는 것입니다. 그래서 긴 고민 끝에 비록 수행환경에 좀 어려움이 있더라도 이곳에 두 발을 내리기로 결심했습니다.

세상이 무상하다는 것을 모르는 이는 없습니다. 그래서 무상한 곳에 내 한 다리 얹는다고 발자취가 남거나 무거워 질 수 있을 리 없습니다. 그러나 이 각박한 세상에서 인간 냄새 풍기며 사는 모습을 보여주고 싶습니다.

함께 일하고 고생하며 기뻐하고 슬퍼하며 작은 원력인 한국불교의 국제화를 위한 포교잡지를 만드는 일을 해보기로 했습니다.

앞으론 능력이 좀 없어 보이는 이가 있어도 함께 살렵니다. 좀 날 괴롭혀도 함께 살렵니다.

좀 골치 아프고 우리 일에 방해가 되고 손해를 끼쳐도 함께 살렵니다.

왜냐하면 우리 목적은 함께 사는 것에 있기 때문입니다. 일은
무상하더라도 삶은 아름답게 살아볼 만하기 때문입니다. 미타

만행
또 다른 나를 찾아서

"오늘 많이 잡아오느라 애썼어요."
"이리 많이 잡아서 놀랬제?"
"어여 들어와 따뜻한 밥 드이소."
"그럼 그러지, 으험……."
세상엔 말로 할 수 없는 것들이 무수히 있습니다.
표현하기 위해 한 말로 인해 오히려 오해가 일어나는 경우가 허다합니다.
그러나 느낌은 속일 수 없습니다.
마음으로, 몸짓으로 말하기 때문입니다.
말 없는 대화가 더 진득할 때가 있습니다.

바닷물을 다 먹어봐야 짠맛을 아는 것은 아니라고 했습니다.
이런 저런 인생경험을 다 해봐야 무상함을 아는 것은 아닐 것입니다.
이제 무상한 것 말고, 내가 지어낸 기쁨과 슬픔 말고,
진짜 기쁨을 느끼고 싶습니다.

시골로 간 도반

잘 아는 도반들이 시골마을로 들어갔습니다.

어떻게 사는지 몹시 궁금했습니다.

가는 길의 주변 산세가 좋아 기대를 더 하게 합니다.

봄을 맞아 작은 야산에는 막 싹을 틔우는 나무들이 제 각기의 봄 색깔을 내고 있습니다. 그 발 아래로 구석구석에는 옅은 분홍색의 진달래꽃이 하늘거립니다. 몇 군데이겠거니 했더니 아닙니다.

온 천지입니다.

'역시 우리의 산은 진달래가 지키고 있었구나.' 하는 생각이 듭니다. 산자락에 너무나 자연스럽게 들어앉아서 눈에 잘 띄지도 않는 작은 마을입니다. 구릿빛 얼굴의 두 친구는 지는 해에 맞추어 일을 마무리 하고 있었습니다.

표고버섯을 위한 종자나무 몇 개를 나무그늘에 설치하는 일이었습니다. 내가 봐도 약간 어설픈 것 같습니다. 다만 주고받는 말 던지기 솜씨는 여전합니다. 뒷정리를 하고 들어간 집이 웬 마을회관입니다. 사놓은 땅에는 아직 집을 짓지 못해서 주민들이 마을회관을 쓰게 했답니다. 새 식구를 받아들이기 위한 동네 분들의 배려입니다.

배고프다고 아우성을 했더니 조촐한 밥상이 나왔습니다. 작은 상에 소박한 그릇 위로 주변 논두렁 밭두렁에서 캐온 풀들이 정성스런 손맛을 타고 올라와 있습니다. 작은 뚝배기에 담긴 시래기찌개를 특별메뉴로 추천합니다.

야! 이런 맛이 여기 아니면 또 있을까 싶습니다. 옆집 할머니가 주고 가신 시래기랍니다. 소주도 한 병 들어옵니다. 잔을 채우곤 한 모금씩 합니다. 한 사람은 한 번에 홀쩍……. 이 한 잔으로 오늘 있었던 힘든 일은 다 날려 버립니다. 그리곤 재미있게 있었던 일들을 떠들기 시작합니다.

사연인즉슨 각자 사놓은 밭에 이것저것, 그해에 먹을 것, 먹고 싶은 것들을 많이 심어두었다고 합니다. 이때 옆에서 한마디 합니다.

"저는요, 몇 천 평 농사를 짓는 줄 알았어요. 몇 날 며칠을 밭에 가서 뭔가를 심고 오더라구요. 근데요 나중에 보니 동네 할아버지, 할머니들의 하루 일거리밖에 안 되더라구요."

그 땅에다 모든 꿈을 심느라 얼마나 행복한 시간을 보냈을까 싶습니다. 또 다른 도반이 구입한 땅은 동네 가운데입니다. 밭 몇 고랑 일구어 이것저것 심는데 며칠이 걸립니다.

400여 평의 땅에 한 달 가까이 심었는데 아직도 빈 곳이 반이랍니다. 안 그래도 서툴러서 일이 더디기만 한데 거의 반은 동네 할아버지, 할머니에게 무엇을 하고 있는지에 대한 설명으로 보내야 한답니다. 당신들 논밭 한번 둘러보시고는 꼭 들러서 물으십니다.

"아! 뭐 심는 거여?"

"예! 옥수수 심어요."

"그렇게 하면 밭고랑이 너무 좁아, 그래선 수확이 안 되지!"

한참 설명과 경험담이 오고 갑니다. 또 얼마 있으면 다른 분이 오셔서는 말을 겁니다.

"뭐해? 옥수수는 그렇게 심는 게 아니여!"

하면서 또 조금은 다른 당신만의 방식의 설명이 계속됩니다. 이렇게 돌아가며 계속되는 동네 어른들의 강의 결과는 밭두렁은 구불거리고 고랑폭도 들쑥날쑥이고 옥수수 심은 간격도 다 다릅니다.

한마디로 동네 어른들의 이론과 경험의 산 전시장이면서 어설픈 제자의 작품입니다. 이건 그래도 다행입니다. 하루 지나면 어제 물으셨던 그 분이 기억을 못해 처음부터 다시 묻습니다.

"아! 뭐 심는 거여?"

"그래선 안 되제……."

그러나 걱정되진 않을 것 같습니다. 설령 수확이 안 되더라도 그 분들이 먹을 것을 나눠 줄 테니 말입니다. 동네 분들의 관심은 여기서 끝나지 않습니다. 수시로 회관에 와서 잘 지내나 둘러보고 몰래 먹을 것도 두고 가신답니다.

동네 분들이 보기엔 웬 젊은이 둘이 와서는 온 동네를 '집 짓는다', '농사 짓는다' 하며 자동차를 가지고 왔다갔다 부산하긴 한데 무엇을 하는지 허둥대기만 하지 도통 결과가 없는 것입니다.

요즘은 이런 질문을 자주 한다고 합니다.

"아니! 왜 빨리 집 안 지어?"

이제야 나무 사서 말리고 있고, 말리기만 몇 개월 해야 하고, 여러 준비기간도 필요한데 동네 할아버지, 할머니 생각엔 간단한 일일 뿐입니다. 어른들이 물어 올 때마다 설명하느라 속이 탑니다.

생각만 가지고 들어간 농촌입니다. 마치 커다란 연못에 뛰어든 새끼 물고기 같습니다.

모든 것이 새롭고 한편으론 신나고 한편으론 두렵기도 합니다. 그 속엔 큰 물고기, 큰 개구리, 큰 자라 등 많은 선배들이 있습니다. 그들 하나하나에게서 소중한 삶의 지혜들을 열심히 배워 나가길 기대합니다. 그래서 자연스럽게 들어앉아 연못속의 한 구성원이 되어 분주하지 않게 살고 있을 모습을 그려봅니다.

마음밭을
갈아엎으며

걷는 만행을 떠난 지 보름이 지나고 있습니다. 하루이면서 한 생을 경험하고 있는 요사이 희망과 좌절 그리고 극복, 보람 등 모든 것들이 하루에 일어나고 사라지고 있는 것을 발견하게 됩니다. 만행 길에서 자연에게서 배우는 것도 많지만 사람들과의 만남도 빼놓을 수 없습니다.

한 평생 체험으로 체득한 지혜들이니 걸으면서 얻는 것은 살아 있는 교육인 셈이고 또 많은 분들이 자신의 삶의 체험을 지나가는 행인에게 들려주고 스스로 배운 것을 확인하고 싶어이기도 합니다. 스스로 배우고 또 남을 가르치는 행태들이 나를 가르칩니다.

　며칠 전 지도에서 한 절을 정했습니다. 하루의 목표를 정해 떠나고 그곳에 닿으면 체력이 바닥이 나버려 더 무리를 할 수 없기 때문입니다. 도착했더니, 웬 노비구니 스님이 불편한 몸으로 계셨습니다. 인사를 드렸더니 묵을 방은 없지만 굳이 방으로 들어오랍니다. 아주 누추하고 조그만 시골의 환자 방으로 생각하면 될 것입니다. 방에 막 들어서는 나를 앉히며 생년월일을 묻습니다. 자신의 열반일이 가까우니 이곳에 살 수 있는 지를 확인하고 싶다고 하시면서.

　들어보니 다른 종단 스님인데 평생을 남의 사주를 보셨다고 합니다. 그런데 하나 뿐인 아들자식이 어려움에 닥쳐 믿었던 후사를 준비하지 못했다는 것입니다. 이젠 차라리 팔자를 탓하며 사니 마음은 편하다 하시면서 한참을 당신의 인생에 대해 한탄하셨습니다.

　다 듣고 발걸음을 돌렸습니다. 헌데 떠나는 발걸음이 가볍지 않았습니다. 평생을 점을 보고도 자신의 자식 잘못 되어감을 모르고 스스로의 뒷일을 몰랐던 것입니다. 인생말년에 이르는 지금도 입만 열면 후회하면서도 사람을 보면 자기도 모르게 또 사주를 묻습니다. 이것이 습관, 업의 힘인가 봅니다. 마치 술꾼이 술 끊었다고 축하의 술을 마시자는 것과 같습니다.

부처님 말씀에 일체는 마음이 만든 것이라 했으니 마음이 만든 것에 빠져서 평생을 헛수고를 하고서는 잘못된 삶이었다고 후회합니다. 그러나 또다시 마음 씀으로 그 해결책을 삼으려고 하니 이를 업의 힘에 따른 윤회라고 합니다. 이를 벗어나는 길을 도(道)라고 하니 그 무상한 것 중에 진실한 한 물건이 있다고 합니다. 그러니 이 진실한 한 물건을 찾는 것만이 보람된 일입니다.

우리가 겪는 나머지는 모두 부족한 자각을 확실하게 하기 위한 보충수업이니 위의 노비구니 스님도 다시는 팔자 보는 사주로 인생 보내지 않겠다는 원력을 세울 것입니다. 이것이 또한 한 생의 큰 배움이 아니겠습니까! 그래서 이를 보고 부처님은 귀천의 차별이 없다고 하는 것이니 모두 배우고자 하는 원력에 따라 나타내는 모습이니 실컷 하고나면 다시는 안 하겠다는 원력을 세우고 이 원력의 힘으로 불보살이 되기 때문에 이들에게도 수기를 주는 것이 아닌가 싶습니다.

나는 매일 매일 오해로부터 시작해서 오해를 의지해 살고 이를 통해 배우는 일을 계속합니다. 다시는 않겠다고 다짐하는 사이에도 생겨나니 속고 또 속는 것이 수행인가 봅니다.

들판을 걷다보면 농부들의 일손이 바쁩니다. 요즘은 겨울에도 비닐하우스를 통해 쉴 날들을 줄였습니다. 그들은 심어놓은 딸기를 위해서 더우면 비닐을 걷어주고 추우면 덮어주고 목마르면 물주고 아침, 점심, 저녁으로 살피고 돌봅니다.

도를 닦는 길에 들어선 수행자가 마음 밭을 가꾸기를 이렇게 해야 하지 않나 싶습니다. 이렇게 해서 얼마를 버느냐고 물었더니 한 푼도 남는 것이 없답니다.

마음 밭도 이와 같아서 얻는 것 바라지 말고 열심히 갈기만 해야 농부의 자세 만큼만이라도 따라가지 않을까 싶습니다.

이제 봄이 되었으니 나도 서둘러 마음 밭을 갈아엎어야 겠습니다.

바닷가를
걷고 있었습니다

바닷가를 거니는 것은 언제라도 낭만적인 느낌을 줍니다. 멀리 새파란 동해 바다는 하늘과 맞닿아 있습니다.

하늘은 위에서 푸르고 바다는 아래에서 푸르다고 가는 금을 길게 가로 그어 놓았습니다. 포항 위의 '십리 백사장'이라는 해변가를 걷고 있을 때였습니다. 아무도 없는 한적한 백사장 저 멀리쯤에 허리가 굽은 할머니 한 분과 허리가 꼿꼿한 할머니 한 분이 파도가 잔잔한 모래톱 끝을 향해 가십니다. 무슨 일인가 싶어 눈길 가는 곳을 보니 멀리서 통통배 하나가 갈 지 자로 흔들리며 해

안가로 오고 있었습니다.

잠깐의 망상 사이에 다가서 보니 그 통통배엔 검게 타 하얀 이빨이 두드러진 흰머리 할아버지가 배를 대고 있었습니다. 허리 굽은 할머니는 연신 크고 긴, 혼자 끌기 버거워 보이는 막대기를 힘겹게 바닷가 배 밑창으로 나르고 계셨습니다. 무얼 하시나 했더니 그 통나무를 옮겨서 배를 올리는 레일을 깔고 계신 것이었습니다.

나도 도울 생각으로 걸망을 벗어놓고 함께 날랐습니다. 그런데 고마워하는 기색이 별로 없습니다. 물론 바라고 한 일은 아니었지만 마음은 그렇지 않을 걸로 생각하고 왔다 갔다 허둥댔습니다. 더 이상한 건 가만히 살펴보니 배를 대는 할아버지나 나무를 끌어놓는 할머니나 서로 말 한마디, 눈길 한점 교환하지 않는다는 것입니다.

다만 할아버지의 기세는 고기를 잡아온 것에 대한 뿌듯한 자부심과 은근히 자랑스러워하는 몸짓이고 할머니는 그런 할아버지가 무사히 돌아와준 데에 그리고 애쓴 데에 대한 보답으로 그 버거운 통나무를 나의 도움도 마다하며 손수 하고자 하는 몸짓이었습니다.

말이 아닌 느낌과 몸짓으로의 대화였고 괜히 다른 할아버지를 기다리러 나온 옆집 할머니에게 툭툭 던지는 할아버지의 어감으로 분위기가 만들어지고 있었습니다.

두 분의 대화를 기다리다 못해 내가 나서서 옆집 할아버지 마중 나온 할머니에게 물었습니다.

"무슨 고기를 잡으셨어요?"

"그 할아버지는 문어만 잡어여."

다시 할아버지에게

"얼마나 잡으셨어요?"

"……."

대답이 없습니다. 결국 궁금한 내가 배를 끌어올리는 중에 풀쩍 뛰어올라 열린 뚜껑 사이로 세어 보았습니다. 큰 문어 몇 마리가 보입니다. 다시 할머니에게

"이거 한 마리에 얼마나 해요?"

한참 만에

"한 2만원 하제."

대충 세어 보니 10마리가 넘습니다. 아마 오늘 수확이 괜찮은 눈치인데 할머니는 얼마나 궁금하실까? 그런데 배를 세우고 수

확한 문어를 모두 내릴 때까지도 노부부는 한마디 말이 없습니다. 그러나 그들의 대화는 한순간도 끊이지 않고 들립니다.

"오늘 많이 잡아오느라 애썼어요."

"이리 많이 잡아서 놀랬제?"

"어여 들어와 따뜻한 밥 드이소.'

"그럼 그러지, 으험……."

세상엔 말로 할 수 없는 것들이 무수히 있습니다. 표현하기 위해 한 말로 인해 오히려 오해가 일어나는 경우가 허다합니다. 그러나 느낌은 속일 수 없습니다. 마음으로, 몸짓으로 말하기 때문입니다. 말로 대화하려 하면 말이 안 통할 때는 대화가 되지 않습니다.

느낌으로 몸짓을 살피면 자연과의 대화도 가능합니다. 나무와 돌과도 느낌을 나누고 별과 달과도, 바다와 산과도, 새와 물고기와도 대화하려고 해보세요. 그들과의 대화는 오해가 없기에 다툼이 없습니다. 그리고 언제나 항상 곁에 있기에 외롭지 않습니다. 그리고 느낌으로의 대화는 시공을 넘나듭니다. 지금 그 할아버지 할머니의 몸짓과 느낌이 느껴지는 것처럼 말입니다.

참! 그 뒤에 발길을 돌려 경북에 있는, 산으로 둘러싸인 영양이라는 작은 시골에 갔습니다.

6~70년대의 시간 속으로 돌아옴직한 버스 터미널 한 쪽에 할머니 한 분이 문어를 팔고 계셨습니다. 호기심에 얼마냐고 물었더니,

"살랑겨? 안 살라면 묻지 말고!"

하십니다. 그래도 가격차를 알고 싶어서

"아, 가격을 알아야 사든지 말든지 할 거 아뇨."

했더니 할머니는 마지못해서 4만 원짜리도 있고, 3만 원짜리도 있다고 하십니다.

"와 비싸네요!"

했더니

"5천 원짜리도 있지."

하면서 기어이 사랍니다. 별 수 있나……. 도망가고 말았습니다. 🐙

그들의 세계를 공감하며 웃음 짓고
꿈이 담긴 그들의 세계에서 희망 가득한 미래를 봅니다.

소주

    비가 온 다음날의 산과 계곡은 그 느낌이 싱그럽습니다. 마치 막 목욕을 마치고 나온듯한 모습입니다. 게다가 속리산의 아름다운 자태가 함께 하면 아름다움이 더합니다.

    법주사에서 자고 아침을 챙겨먹고 산행 길에 오릅니다. 맑고 힘 있게 흐르는 계곡 길을 따라 올라 30분 쯤 갔을 때 자그마한 복천암이라는 암자가 눈에 들어옵니다. 전에 한 도반스님이 이곳에서 한 철 났다고 하던 말이 생각납니다. 터에 맞게 아담하고 잘 정돈된 암자라는 느낌입니다.

    다시 위로 문장대를 향해 나서는데 아주머니 한 분이 낭떠러지

를 마치 산양처럼 오르내리며 뭔가를 뜯고 있습니다. 나물이랍
니다. 무슨 나물을 뜯는지도 궁금했지만 우선 아주머니가 젖은
낙엽에 미끄러져 떨어질 것 같아 불안함이 앞섭니다. 위험하지
않느냐고 했더니

"안 그래도 좀 전에 미끄러져서 죽을 뻔 했어요."

라고 태연하게 대답하십니다. 그러면서도 나물 뜯는 빠른 손
놀림은 쉬지 않습니다.

참내, 이게 생사를 초월한 이의 행위라는 건지 아니면 죽을 둥
살 둥 모르고 욕망에 따라 뛰어다니는 건지……. 잠깐 동안 헷
갈립니다. 아무튼 옆에 쭈그리고 앉아 언제나 그만두고 올라오
시려나 속으로 조바심만 태웁니다. 결국 몇 안 되는 나물을 다
뜯고 올라오는 모습을 보고서야 발걸음을 돌립니다.

잠시 오르다 보니 한 아저씨가 지게에 자기 키보다 높이 쌓은
짐을 지고 산을 오릅니다. 그냥 지나치려고 했더니 아저씨가 부
릅니다.

"스님! 왜 그리 빨리 가세요. 쉬엄쉬엄 나랑 얘기하면서 가요.
그래야 더 빨리 가요."

하십니다. 하긴 세상에 바쁠 일이 없는 만행길에 그 말을 듣고

지나칠 수가 없어서 발길을 멈춥니다. 40대 중반쯤 되어 보이는 앞니가 3개 정도는 없고 키가 조금 작은 아저씨입니다. 짐에 눌려 큰 키도 줄었으리라 생각하며 할 수 없이 함께 쉽니다. 이곳에서 20년을 지게를 졌고 홀어머니를 모시고 사신답니다. 듣고 보니 아까 그 낭떠러지에서 나물을 뜯으시던 분이 어머니랍니다. 잠깐 인사를 하고 다시 지게를 맵니다.

오전에 산행을 마치고 이동하려던 생각으로 마음만 바쁜 나는 티도 못 내고 몇 발자국 앞에서 한 발 한 발 옮기는 모양새를 지켜봅니다. 얼마나 짐을 많이 실었던지 난 받치지도 못할 것 같습니다. 작은 지게에 도토리, 한 말 짜리 물통 2개, 감자 1박스, 또 무엇인가 담은 보따리 하나. 설핏 보기에도 자기 몸무게만큼이나 나가 보입니다. 그런 짐을 지고도 신발은 검정 고무신입니다. 어제 내린 비로 등산화를 신은 나도 많이 미끄러운데 진흙계단을 오르는 것이 여간 불안치 않습니다.

"가끔 넘어지는데 절대로 앞으로 넘어지면 안 돼요. 뒤로 넘어져야지."

합니다. 어떻게 오늘은 모자(母子)가 모두 나를 불안하게 합니다. 그러면서도 자기가 아니면 이렇게 지게질 할 사람이 없다며 뿌듯함이 얼굴에 번집니다.

그러고 보니 지게는 나무가 넘어질 때 부러져서 6년 전부터 이용한다는 쇠지게이고 어깨끈은 가늘어서 어깨가 엄청 아플 것 같습니다. 그러면서도 신발은 여름엔 고무신이 최고이고, 겨울엔 털신이 최고랍니다. 이렇게 생각하고 이곳에서만 20년을 지게를 지셨으니 이런 삶도 있는가 봅니다.

한편으론 답답해 보여 등산화라도 선물할까 하다가 내 생각이 주제 넘는 것 같아서 마음을 접었습니다. 지금까지의 자기 신념이 위협받는 큰 충격을 줄 수도 있다는 우려에서입니다.

왜냐하면 아저씨의 삶의 힘은 20년 지게 지는 것에서 나온 남들이 모르는 지혜, 자기만의 노하우이기 때문입니다. 이에 대한 자긍심이 이분을 자신 있게 하고 부족함이 없게 하고 용기 있게 길가는 사람을 잡아 길동무 하자고 말할 수 있는 것이 아닐까요. 그래서 자연의 일부인 그 분을 건드리지 않기로 작정하고 그 분의 호흡을 따라 걷다 보니 마지막 고개가 눈앞에 나옵니다. 아저씨 왈

"항상 여기가 제일 힘들어요."

그리곤 마지막 남은 힘을 다하기 시작합니다. 깊이 심호흡하

고 한 발짝 딛고 쉬고, 한 숨 쉬고 한 발짝 딛고 하시더니 마지막 몇 걸음이 힘드셨는지 갑자기

"소주!"

라고 하십니다. 얼떨결에 무슨 말인가 했더니 힘을 넣는 기합 소리가 '소주'였던 것입니다. 속으론 웃음이 났지만 하도 진지한 기합소리여서 웃지도 못하고 뒤에서 바라만 봅니다. 그 소주라는 소리는 되새겨볼수록 당신 삶의 전체를 한마디로 표현하는 것 같아서 심오하기가 그지없습니다.

정상에 올라서 길동무가 되어주어 고맙다는 인사말까지 잊지 않으십니다. 약간 어눌해 보이지만 긴 세월 쉬지 않고 파온 자기 세계의 우물의 깊이가 긴 여운을 남깁니다. 산행을 마치고 내려올 때까지 그 소주라는 기합이 잊혀지지 않습니다. 그래서 나도 따라해 봅니다. 힘든 고비를 넘길 때 "소주!"라고.

기분이 아주 좋아집니다. 이 글을 읽는 분들도 한번 해보기 바랍니다. 힘들 때 한발 내딛으며 "소주!"라고 말입니다.

진짜 기쁨을 찾아서

봉암사는 희양산을 뒤 배경으로 맑고 깊은 계곡을 끼고 있습니다. 법당과 각 선방채들은 배치에서부터 전체적인 도량관리까지 정갈하고 군더더기가 없습니다. 이는 참선수행 정진에 매진하는 도량으로서의 인상과 잘 부합됩니다. 객실을 얻어 머무른지 이틀째입니다. 왠지 이곳에서 떠나기가 싫습니다.

마치 고향에 온 듯하고 와야 할 곳에 온 것 같은 느낌이 발목을 잡습니다. 어려서부터 절밥을 먹고 이제껏 크면서 선방을 한철 나지 못했으니 그 동안 밥 먹은 것이 되려 큰 짐이 됩니다. 마침 해제철인데도 막 출가한 사미스님들이 교육을 받고 있습니다.

스님들의 행동 하나하나가 정갈합니다. 저런 모습이 본래 우리 모습임을 잊고 있었던 것입니다.

요 며칠 전 예천 장안사란 절에서 머물렀습니다. 실상사 화엄학림 시절 동문수학한 도반스님이 머무는 절입니다. 은사스님이신 서암 큰스님의 열반으로 그 뜻을 펴기 위해 바쁘게 보내는 모습이 아름다웠습니다. 서암 큰스님의 '소리 없는 소리' 라는 책을 건네 받았습니다. 뭔가 마음에 확 다가오는 것이 있었습니다. 어렴풋이 '참선은 이런 것이다.' 라는 지어낸 생각을 갖고 있었는데 이 책을 보고는 아! 참선을 해보고 싶다는 열망이 생겼습니다. 늘상 하는 일이 머리 써서 감정 상해가며 분노해가며 몸 다쳐가며 열심히 한 것 같은데 돌아서 보면 내가 할 일이 아닌 것 같은 느낌을 지울 수 없었는데 이제야 진정 의미 있는 삶의 길을 찾은 것 같아서 약간의 흥분감 마저 들었습니다.

마침 봉암사가 멀지 않아서 다음날 도착지로 정하고 문경에서 산으로 넘어왔습니다. 마침 조사전에는 마지막 조사이신 서암 스님의 영정이 있어 한 시간 여 동안 참선 흉내를 냈습니다. 발심이라는 것이 이렇게 해서 생기는가 봅니다. 자기가 만들어온 개념과 틀로써 사회도, 규칙도, 선도, 악도 만들어 이렇게도 바꿔보고 저렇게도 바꿔보느라 심신만 지치다가 두 손 두 발 들고 나와서 세상이 어떻게 생겼나 구경 좀 하러 나섰더니 이런 삶의 길이 있었던 것입니다.

이번 만행 중에 자기 삶의 방식에서 자의반 타의반 은퇴한 사람들을 가끔 만납니다. 한 때 돈을 물 쓰듯 하던 이, 권력을 마음대로 휘두르던 이, 건강했던 이 등등, 자기 생각에 인생의 황금기였다고 생각하는 때가 모두 있었던 분들입니다. 마치 지금 그 시절을 누리는 사람들에겐 두려움의 대상이며 시간이겠지만 그들은 그 시절을 회고하더라도 돌아가고 싶어 하는 사람들은 많지 않은 것 같습니다. 이미 그런 것들이 자신의 인생을 걸 만큼 가치 있고 지켜지는 것이 아님을 알기 때문일 것입니다.

그들은 그런 경험으로 인해 자신의 삶을 담백하고 건강하고 검소하게 사는 모습을 보여줍니다. 또한 놀라울 정도로 겸손합니다. 그러나 미처 이런 기회를 갖지 못하고 인생을 잘 나가는 대로 마치는 이들에게 진정으로 삶을 누릴 기회를 갖지 못하고 맙니다. 그들은 지켜야 할 것이 있고 잃을 것을 가졌기에 불안하고 경계하고 벽을 쌓아만 갑니다.

'좋은 집에 좋은 차에 좋은 전망이 하루 중 얼마나 자기를 불안에서 평온으로 있게 할 수 있겠나.' 서암 스님의 말씀 한 구절이 떠오릅니다. '진실! 앞에서 자신에게 정직해야 한다.'고, 공부도 이와 같아서 진실로 참 나를 느끼는가를 계속 점검해야 할 일입니다.

바닷물을 다 먹어봐야 짠맛을 아는 것은 아니라고 했습니다. 이런 저런 인생경험을 다 해봐야 무상함을 아는 것은 아닐 것입니다. 이제 무상한 것 말고, 내가 지어낸 기쁨과 슬픔 말고 진짜 기쁨을 느끼고 싶습니다. 서암 스님께서 오래도록 주석하셨던 원적사로 스님 찾아갑니다. 미타

대중에게서 배운다

청초한 5월의 마지막 날, "부처님 오신날"을 보내고 선방을 가는 마음에 들떠있습니다.

몸으로의 만행을 일단 정리하고 이제 마음으로의 길을 떠나보고자 함입니다.

봉암사는 문경에 소재하고 있습니다. 알고 보니 문경시는 우리나라 100대 산중 5개의 명산들로 둘러싸인 곳입니다. 그러니 산이 깊고 물이 좋아 예로부터 명찰과 수행도량이 많은 곳입니다. 개중 희양산 자락에 자리하고 있는 곳이 봉암사입니다.

절 뒤편에 웅장하게 솟은 하얀 바위덩어리는 봉암사의 기상을 담고 있습니다. 스님들이 멀리서 들어오며 이 바위만 보아도 가슴이 설레게 된다고 합니다.

100명의 대중들이 봉암사에 모였습니다. 서로가 처음 보는 이들이 많고 가끔 몇 년, 때론 10년, 20년 만에 만나는 얼굴들도 있습니다.

각자 서로의 출가 년도와 선방 경력을 밝히고 자기의 앉는 차례를 정합니다.

이 처음 정해진 서열에 따라 항상 앉고 이동하며 자기의 할 일을 맡게 됩니다. 나는 마호를 맡게 되었습니다.

이는 스님들 풀 옷에 쓸 풀을 끓이는 소임입니다. 처음으로 배정 받은 방석에 앉게 되었습니다. 웬걸, 세상에 움직이는 노동만 힘든 줄 알았더니 가만히 앉아 있는 것이 이렇게 힘든 줄 몰랐습니다.

우선 체력이 떨어지거나 기운이 없으면 허리를 세우고 앉아 버티질 못합니다. 허리가 구부러지기 시작하면 그 괴로움이 두 배 세 배이기 때문입니다. 그래서 허리힘을 기르고 체력을 기르기 위해 새벽엔 요가를 시작했습니다. 그리고 점심 후엔 1시간 이상을 꼭 산행을 했습니다.

처음엔 더 힘들더니 한 일주일 그리고 보름이 지나면서 서서히 체력이 받쳐주기 시작했습니다.

세 그룹으로 나누어 앉는데 그 중에 우리는 하루 10시간을 앉습니다.

더욱 정진하는 그룹은 하루 14시간, 또 한 그룹은 하루 16시간을 앉습니다. 하루 2시간 자고 말입니다. 나는 아예 그 쪽은 생각도 않습니다. 그저 존경스러울 뿐입니다.

처음 보름은 온 몸이 적응하느라 몹시 힘이 듭니다. 다리도 허리도 무척 아파서 오랜만에 참는 것이 어떤 느낌이었나를 실컷 회상케 합니다. 하도 아픈 것이 안 없어지길래 방법을 하나 생각했습니다.

사실 아픈 것을 마음으로 안 아프려고 하거나 피하려면 더 견디기 힘듭니다. 해서 가만히 생각해 보니 요가를 하거나 누가 눌러줄 때는 아픈 것을 시원하다고 말합니다.

같은 통증인데 말입니다. 그래서 이제부터 다리 아픈 것을 시원하다고 생각하기로 했습니다. 그랬더니 신기하게도 아픈 것이, 부담이 사라지기 시작했습니다.

이런 방식으로 각자가 자기 문제를 스스로 해결해야만 합니다. 왜냐면 어떤 이유든지 간에 몸이 불편해서 3일 이상 정진시간을 지키지 못하면 퇴방을 당하기 때문입니다.

어찌 보면 냉정해 보이지만 대중과 스스로가 정진분위기를 지키기 위한 자기희생입니다. 아무도 도와주는 이도 딱히 가르쳐주는 이도 없습니다.

상대방의 수행을 방해하지 않는 시간을 기다려 스스로 조용히 물어야만 합니다. 또 어떻게 화두를 들어야 하는지도 알려주는 이가 없습니다.

그저 하루의 시간에 맞추어 3시에 일어나 저녁 9시까지 하루 10시간을 방석 위에서 앉아야 하는 것입니다.

나이가 많고 적고도 없습니다. 선배고 후배고도 없습니다. 몸이 불편하고 편하고도 없습니다. 아무런 이유도 통하지 않습니다.

오직 스스로의 힘으로 바로 옆에서 정진하는 스님들을 방해하지 않으면서 견디어야 하는 것입니다.

이렇게 앉다보면 자연히 이리도 해보고 저리도 해보고 별 짓을 다 체험해 보게 되고 결국은 선배들과 비슷한 자리로 자신을 갖다 앉히게 되는 것입니다.

처음 만났을 때는 각자의 인연과 업에 따라 눈빛부터 손짓 발짓이 다 다르고 어색합니다. 그러나 석 달을 참고 견디는 사이에 서로의 차이는 줄어들고 서로가 서로에게 영향을 주어 비슷한 눈빛 몸짓 그리고 향기를 풍기고 있음에 놀라게 되는 것입니다. 마치 개울의 조약돌과 같습니다. 각자 깨어진 모양과 인연은 달라도 개울물의 흐름에 이리 저리로 뒹구는 사이에 자기도 모르는 사이 개울가의 잘 다듬어진 반들반들한 조약돌들이 되어있는 것입니다.

이번엔 특별히 승납이 오랜 스님들이 많이 모였습니다. 내가 있는 곳(서당)은 40명 중에 20명이 승납이 20년이 넘었습니다. 자연 분위기가 차분했습니다. 해제 즈음에 들어보니 선배스님들은 후배스님들 눈치에 후배스님들은 선배스님들의 분위기에 서로 조심하고 열심히 살지 않을 수 없었다고 합니다. 이런 점이 대중생활이 스스로와 타인에게 공부가 되어 가는 모습인가 봅니다.

어른 스님들의 사는 모습을 보면서 배우는 점이 많습니다. 개중 대성 스님을 소개하고 싶습니다.

스님은 거의 하루 종일 정진시간 외에는 일을 하십니다. 그리고 아침에도 점심 때에도 산행을 하시는데 60이 넘었는데도 100 명 대중 중에 누구도 따라갈 수 없을 만큼 그 걸음이 빠릅니다. 나도 한번 도전했다가 마음먹고 앞을 보니 이미 보이지 않았습니다. 혹 다른 길로 빠졌나 의심했더니 오던 스님이 벌써 앞에 가고 계신답니다.

이는 보지 않으면 믿을 수 없습니다. 늘 일과 수행으로 정진하며 말씀이 없으십니다. 그러나 대중은 보고 느끼게 됩니다. 수행은 저렇게 하는 것이라고…….

말로 가르치는 것보다 저렇게 몸으로 가르치는 것이 더 감동이 있는 것도 같습니다. 그것도 석 달을 한결같으시니 정말 오랜만에 사람에게서 받는 감동입니다.

그 외에도 이런 분들이 많이 계셨습니다. 어른에서 도반 그리고 후배까지 세상 사람들이 볼 수 없는 아름다운 분들을 많이 볼 수 있었습니다. 그래서 한국불교는 희망이 아직 있는 것입니다. 2천명에 가까운 스님들이 늘 이렇게 수행에 열심인데 왜 희망이 없겠습니까?

그리고 세상에 어느 종교의 성직자들이 이렇게 수행에 열심일까? 난 듣지도 보지도 못한 것 같습니다.

아직까지도 이런 좋은 공부 풍토를 지키고 있는 점이 너무 자랑스럽습니다. 뿌듯하고 경쾌합니다.

이 느낌을 불자들에게도 전하고 싶습니다. 미타

마음 편한 절

새벽의 맑은 기운에 함께 염불하는 소리는
서로에게 깊은 신심이 나게 합니다.
그리고 하루를 시작하는 데에 활력을 주고 있습니다.
오늘도 새벽기도 오시는 분들을 살핍니다.
모두 윤기가 나는지 말입니다. 좋아 보여서 다행입니다.
목탁소리가 법당에서 울리고 있습니다.
여러분의 발심을 기원하는 스님의 새벽기도 소리입니다.

나의 희망이여!
내게 삶의 의미를 일러준 이여!
내게 삶의 목표를 알려준 이여!
내게 삶의 가치를 갖게한 이여!
내게 삶의 기쁨을 갖게한 이여!
당신의 이름은 석가모니이시라.

큰 나무가 되어요

처음으로 신도님들을 위해 저녁공양을 마련하고 여러분들을 초대했습니다. 그 동안 조용히 소리없이 구석구석에서 애써주신 분들에게 일일이 감사하다는 마음을 전할 길이 없어 연구 끝에 뷔페를 빌려서 자리를 만들었습니다. 그러나 혹여 다시 이것이 일거리가 되지 않을까 싶어서 걱정도 되었지만 다행히 여러분들이 일삼지 않고 또 마음을 써 주셨습니다. 늘 감사합니다.

그리고 모임 내내 즐거웠습니다. 사실 어려서는 식구들이 흩어져서 많은 시간을 떨어져 지내야 했습니다. 군대 갈 즈음에 만난 누나는 얼굴도 서로 몰라볼 정도였으니까요. 그러나 이젠 몸과 마음을 나눌 분들이 많다는 것에 행복을 느낍니다. 그리고 그 분들은 저를 좋게 봐줍니다.

제가 잘못 하더라도 이해하려고 애써주시고 오히려 격려와 걱 정을 해 줍니다. 이것이 어머니가 자식을 위하는 것과 무엇이 다 르고 식구를 생각하는 것과 무엇이 다르겠습니까? 이렇게 해서 저는 많은 식구를 얻게 되었습니다.

특히 가장 가까이에서 함께 수행하는 스님들께는 말로 다 할 수 없는 고마움을 느낍니다. 절이 대개는 신도님들의 관심이 주 지에게 쏠리게 되어있습니다. 이는 동시에 다른 대중스님들에 게는 소홀할 수 있다는 뜻입니다. 이는 안 될 말입니다. 주지의 역할은 땅과 같고 거름과 같습니다. 자라는 것은 신도님들입니 다. 그리고 자랄 수 있게 지주대가 되어주고 도와주는 역할이 스 님들입니다. 그러므로 가장 가까이에서 여러분을 도울 분들이 절에 계시는 스님들입니다.

선방의 입승스님인 혜명 스님은 여러분들에게 참선을 지도하 고, 교무스님인 일담 스님은 불교를 잘 배울 수 있도록 교육프로 그램을 준비하고, 포교스님인 도원 스님은 여러분이 어떻게 신 심을 내게 될지 기초적인 안내를 잘 해주실 것입니다. 또 많은

118

신도님들이 말없이 정말 성실하게 봉사하고 있습니다. 우리는 한 그루의 나무입니다. 뿌리가 있어야 하고 기둥이 있어야 하고 가지가 있고, 잎이 있어야 합니다. 그리고 뿌리를 잘 잡아줄 튼튼한 땅이 있어야 합니다. 스님들은 기둥이고, 봉사하고 활동하는 분들이 가지이며, 잎은 신도분들이고, 열매는 수행이 무르익어 스스로가 부처가 되어가는 분들입니다.

때론 절에도 어려움이 있을 수 있습니다. 그러나 이것은 우리에겐 꽃씨를 옮겨서 열매를 맺을 수 있도록 만드는 바람과 같습니다. 장애는 우리에게 수행의 의지를 더욱 크게 만듭니다. 마치 강한 태풍이 불면 옷깃을 더 단단히 잡아 매듯이 말입니다.

우리는 모두 한 나무입니다. 그 나무의 건강상태는 잎에서 가장 먼저 나타납니다. 좋을 때에는 잎에서 윤기가 납니다. 그렇지 못할 때에는 시들어 갑니다. 관리자는 그것을 계속 살펴야만 합니다. 절의 상태는 여러분들에게서 가장 먼저 나타납니다. 신도분들이 기운이 없으면 당장 걱정입니다. 당장에 모두 모여서 건강하게 할 방법을 찾습니다.

여러분! 이러한 노력으로 우리는 건강한 나무를 가꾸어 가고 있습니다. 동시에 우리 모두가 나무의 땅이자 기둥이고 가지이자 잎이며 열매입니다. 어느 곳에 마음을 내든지 그 힘이 나무를 키웁니다. 그러나 잎만 많아도 나무는 버틸 수 없고 가지만 많아도 보기가 싫고 기둥만 튼튼하면 전봇대 같고 땅만 기름지면 잡초만 무성합니다. 큰 나무를 함께 보는 큰 시각을 가져야 그 때 그 때 필요한 역할들을 스스로 찾아서 할 수 있습니다. 그리고 때가 되면 많은 열매가 달리고 또 그 씨앗이 많은 세상에 뿌려져서 함께 자라는 세상을 꿈꾸어 봅니다. 앞으로 우리 각자가 큰 나무를 심을 수 있어야 합니다. 이것이 부처님의 가르침이 이 세상에 널리 알려지는 길이기 때문입니다.

오늘도 새벽기도 오시는 분들을 살핍니다.

모두 윤기가 나는지 말입니다. 좋아 보여서 다행입니다. 목탁 소리가 법당에서 울리고 있습니다. 여러분의 발심을 기원하는 스님의 새벽기도 소리입니다. 마침

이제 함께
달려야 할 때입니다

이제 장마가 시작되고 있습니다.

조금씩 날씨는 습해지구요. 하늘의 해는 빛을 잃습니다. 그렇지만 가뭄에 애태우던 사람들의 마음은 시원해지기만 합니다. 이렇게 세상은 늘 변화하기에 우리는 어려움을 이겨내고 희망을 버리지 않습니다.

우리절도 참 많이 변했습니다.

이젠 매일 절에 오셔서 공양을 함께 하는 분들만 해도 많아지셨습니다. 그리고 활동영역도 많이 넓어졌습니다. 언제 이렇게 성장했는지 저도 잘 모르겠습니다. 이 모든 것이 보이지 않는 곳 구석구석에서 마음 써 주시는 여러분들의 힘에 의해서입니다. 그 분들을 볼 때마다 너무 너무 감사합니다.

사람들은 저더러 힘들게 한다고 하지만 저는 아무 것도 아닙니다. 그런 분들의 드러냄 없는 행에 비하면 말입니다.

그 동안에는 몇몇 스님과 종무원들의 힘에 많이 의지해 왔습니다. 그러나 이제는 그들의 역량의 한계를 넘어섰습니다. 이제는 우리 모두의 힘에 의해서야 만이 끌어 갈 수 있습니다.

얼마 전에 개들이 눈 쌓인 벌판을 짐을 가득 실은 썰매를 끌고 가는 것을 본적이 있습니다. 그 짐은 한 마리나 아니면 서너 마리의 힘으론 끌 수 없습니다. 그러나 20여 마리의 개들이 함께 끌음으로서 날아가듯이 달리고 있었습니다. 우리도 마찬가지입니다. 이젠 몇 명이 끌어가기에는 너무나 많은 사람들이 함께하고 있습니다. 그래서 할 수 없이 조직을 계획하게 되었습니다.

어제는 그 첫 번째 모임을 하게 되었습니다. 미타선원을 끌어가는 데에 함께 뛸 분들을 모셨습니다. 그리고 그 분들의 역할을 나누었습니다. 다행히 모두가 큰 마음들을 내어 주셨습니다. 너무나 감사드립니다. 그리고 서서히 마음 내시는 분들을 한 분씩

모셔 나갈 것입니다. 앞으로 미타선원의 주인은 이 분들입니다. 누구나 스스로 봉사하겠다는 마음을 내시는 분들이 바로 주인인 것입니다. 이 분들이 미타선원을 운영하게 될 것입니다.

각자 맡게 되는 역할을 충분하게 해 주실 때에 미타선원의 배는 잘 움직일 것입니다.

우리는 이제 제 2의 전환점을 맞이했습니다. 그리고 이제 서로 손을 잡고 끈을 함께 묶었습니다. 이제 달리는 일이 남았습니다. 그러기 위해서는 가장 중요한 것이 서로를 챙겨주는 마음입니다. 자기를 내세우면 우리는 달리지 못합니다. 왜냐하면 스스로가 너무 힘들기 때문입니다. 견디지 못할 것입니다. 그런 분들은 내리게 될 것이고 그렇지 않은 분들이 또 들어와서 함께 뛸 것입니다. 우리를 힘들게 하고 우리를 함께 달리지 못하게 하는 것은 앞에 나타나는 장애물이 아닙니다. 자기 자신임을 분명히 알아야 합니다. 이것을 놓치면 반드시 남이 힘든 것이 아니라 스스로가 힘들어 집니다. 이것이 저는 너무 마음이 아픕니다.

저는 모두가 함께 달리고 싶습니다. 건강하고 밝게 늘 희망을 가지고 즐겁게 말입니다.

수행의 증명은 그의 말과 행동과 생각에서 나타납니다. 우리가 표현할 수 있는 길은 이것 밖에 없기 때문입니다. 부처님을 우리가 부처님이라고 하는 것은 그 분의 생각과 말과 행동이 부처님의 모습을 보이기 때문입니다. 수행의 목표와 결과는 멀리 있지 않습니다. 지금 나의 마음 씀과 말과 행동을 보면 알 수 있습니다. 안 보이거든 거울을 보고 그래도 안 보이면 남에게 물어보고 그래도 안 보이면 자신을 잘 들여다보거나 부처님 앞에서 조용히 물어보아야 합니다. 그리고 평온해 질 때까지, 자신의 집착이 버려질 때까지 노력해야 합니다.

저는 많이 부족합니다. 여러분의 격려를 필요로 합니다. 이제 여러분이 걱정되는 것이 아닙니다. 제가 걱정입니다. 혹 헛된 망상에 따라 갈까 걱정입니다. 이때에 많은 조언과 보호를 부탁드립니다. 여러분의 말씀들은 제게 잃어버린 눈을 찾게 해 줍니다. 열심히 수행하는 모습은 제게 큰 원력을 갖게 합니다. 제가 실수하지 않도록 많은 관심을 정중히 청합니다. 모두 건강하시구요.

칭찬하는 불자님이
아름답습니다

오랜만에 미국행 비행기에 올랐습니다. 전에 뉴욕에서 4년간 지냈던 불광선원에서 법당 기공식 행사가 있기 때문입니다. 불광선원 휘광 스님은 미국에 공부하러 가셨다가 후원이 없으면 공부를 지속하기 어려움을 절실히 느끼고는 절을 세워서 후배들이 공부할 수 있도록 후원해 오고 있습니다. 그 결과로 상좌인 혜민 스님은 프린스턴대학 박사과정을 거쳐 미국대학의 교수가 되었고 일미 스님은 하버드 대학의 박사과정을 마치고 이번에 졸업하게 되었습니다. 지금도 많은 스님들이 스님의 은덕에 힘

입어 공부하고 있습니다. 더욱이 이번 법당 기공식은 뉴욕에서 2번의 천일기도를 성만한 원력과 공덕의 힘이 아닐 수 없습니다. 매주 일요법회 때이면 작은 1층 법당에서 100여명의 신도가 빼곡이 앉아서 법회를 보고, 지하에는 어린이 법회, 2층 스님들 방마다에는 중·고등부 법회로 스님들이 온통 방을 비워주고 아이들과 함께 뒹굴고 하였습니다. 이런 세월을 11주년을 보내고 나서야 이제 제대로 된 건물을 짓는 첫 삽을 뜨게 되었습니다.

거기에 비하면 우리 미타선원은 정말 크고 훌륭합니다. 훌륭한 법당과 문만 열면 마당까지 법당이 되고 3층에는 두 군데의 선방과 최고의 지대방들이 있고 2층 교육원과 휴게실, 1층 종무소와 공양간 등이 모두 잘 갖추어졌습니다. 짧은 시간에 많은 분들의 동참과 원력의 힘이었습니다.

이젠 함께 잘 사는 일만 남았습니다. 잘 사는 비결은 다른 곳에 있는 것이 아니라 서로를 잘 위해주는 곳에서 출발합니다. 돈이 많고 덩치가 크다고 행복한 절이 될 수는 없습니다. 행복한 절이 되기 위한 비결은 바로 남과 자신을 칭찬함에 있습니다. 칭찬은 고래도 춤추게 한다고 했습니다. 늘 상대를 칭찬함으로써 모두가 춤추는 절이 되어야 겠습니다.

서로에 대한 비방과 다툼은 깊은 상처를 남깁니다. 이 상처는 나이가 들수록 점점 더 치유되기 힘이 드나 봅니다. 저도 지금보다 더 어려서는 전투적인 방법도 자주 썼습니다. 이 세상에 나쁜 사람이 다 없어지면 좋은 세상이 오는 줄로 알았던 시절이 있습니다. 그래서 나쁜 사람과 세력을 가르고 비방도 하고 미워도 하고 싸워서 쫓아내기도 하였습니다. 그러면서도 저 스스로는 정의를 실현한다고 굳게 믿어서 몹시도 당당했습니다. 승리에 취해서 눈물을 흘리기도 했습니다.

그러나 이제는 그런 일이 어리석다는 것을 압니다. 왜냐하면 세상은 늘 나쁜 사람 반이고 좋은 사람 반이기 때문입니다. 실제로는 저 스스로 나쁜 사람, 좋은 사람을 만들어 내었습니다. 이제 또 그런 일을 하는 저 자신을 보게 되면 수행자로서 너무 부끄럽습니다. 밤새 슬퍼합니다. 그래서 이제 그런 일은 하지 않기로 했습니다. 대신 그들 모두를 춤추게 하고 싶습니다.

어릴 때 국어책 장면이 생각납니다. 태양과 바람이 어느 길가는 사내의 옷을 벗기기로 시합을 벌입니다. 강력한 바람이 그 사람의 옷을 벗길 줄 알았습니다. 그러나 따뜻한 태양이 그의 옷을 벗길 수 있었습니다. 우리는 서로에게 태양보다 따뜻한 마음을 주어야겠습니다. 그러면 맺혔던 마음이 풀리게 될 것이고 마음이 풀리면 여유로워지고 마음의 문을 열 것입니다. 마음의 문을 열면 대화를 함으로써 서로를 좀 더 이해하고 문제를 조금씩 조금씩 해결해 나갈 수 있을 것입니다.

앞으로 미타선원 식구들은 남을 비방하는 말을 절대로 하지 맙시다. 옛날에 왕의 귀가 당나귀 귀라는 말을 못해서 대나무 밭에 가서 땅을 파고 했다는 말처럼 남을 욕하고 싶어서 참지 못하겠거든 저 해운대 바다에 가서 모래를 깊이 파고 그 속에서 실컷 욕하고 오자구요. 언제 한 달에 한 번씩 보름날에 그거 하러 함께 가요. 저도 그날 실컷 해보게요.

칭찬으로 마음의 문을 열고 대화로 서로를 이해해서 늘 행복한 식구들이 되기를 바랍니다. 지금보다 더 칭찬하고 더 대화합시다. 우리 모두의 행복을 위해서요……. 미타

작은 봉사로 이 절을
내 절로 분양 받으세요

높고 밝은 달을 보았습니다. 꽉 차서 둥글어진 달은 내 마음에 풍요를 느끼게 해줍니다. 넉넉함을 느끼게 합니다. 여러분도 이번 달을 보면서 마음이 풍요롭고 넉넉해 지셨기를 바랍니다. 비록 삶이 고달프고 세상이 날 가벼이 보더라도 넉넉하고 크게 먹는 내 마음을 어떻게 해 볼순 없기 때문에 손해 날 것이 없습니다. 누구의 방해도 받지 않습니다. 달을 향해서 속마음을 모두 털어놓아 보세요. 아니 모든 걸리적 거리는 마음들을 달님에게 택배로 보내버리세요. 대신 달님에게서 넉넉하고 꽉찬 웃음이 송달되어 올테니까요. 그런 달님이 이 세상에 있다는 것이 고마운 일이지요. 아니 내가 노상 땅만 쳐다보고 인간세상만 바라보는 눈높이에서 한 순간 눈을 높여 밤하늘을 올려다보면 늘상 있었다는 것을 알게 되었을 때에 더 놀라운 일이 아닐 수 없답니다. 달만 뜨면 옥상 법당 앞을 올라갑니다. 그리고 하늘을 쳐다봅니다. 가슴이 시원해진답니다. 편안해진답니다. 그리곤 긴 잠을 자고 나면 샛별이 그 자리를 대신합니다. 저녁에는 보지 못했던 새벽별이 마치 불똥이라도 금방 떨어질 것처럼 반짝거립니다. 저녁에는 달님이 나를 재우는 친구이고 새벽에는 별님이 나를 맞이하는 반가운 친구랍니다. 꼭 부처님이 이 별을 보고 큰 깨달음을 얻은 별이 아니더라도 내게도 작은 깨달음을 주는 듯해서 공경스럽게 인사합니다. 이런 즐거움이 미타선원에 살면서 느끼는 즐거움들입니다.

하늘을 보고 도량을 둘러봅니다. 늘 깨끗한 법당은 매일 같이 청소한 보살님들의 노고가 보이고 깨끗한 구석구석을 볼 때에는 늘 쓸고 닦으시는 분들의 모습이 떠오릅니다. 또 도량의 큰 청소와 건물관리에 힘써주시는 거사님들, 매일 3~40명의 공양을 봉사해 주시는 분들에게도 늘상 감사의 마음 전하고 싶습니다.

작은 일이라도 손길을 주고 마음을 줄 때에 내것이 됩니다. 저는 여러분이 이 사찰의 주인이 되기를 기원합니다. 그것은 어려운 일이 아닙니다. 늘 수행하고 싶을 때 찾아서 마음의 평온을 얻을 수 있는 곳이고 늘 개방되어 있습니다. 오시면 법문도 듣고 공양도 하고 참선과 염불 수행등등 무엇이든 할 수 있습니다. 이 모든 것은 여러분을 위해서 준비되고 있는 것들입니다. 또 여러분들의 편의를 위한 많은 공간들도 마련되어있습니다. 그런데 왜 손님으로서만 다니려고 합니까. 왜 절에 들어오는 발길이 쭈뼛 쭈뼛 하는가요. 부처님에 대한 신심만 있으면 이 공간이 내 집처럼 편안해 집니다. 그리고 이러한 마음이 좀 더 들기 위해서는 작은 일이라도 봉사를 하면 됩니다. 봉사부도 있고 포교부도 있습니다. 말씀만 하시면 봉사할 거리가 주어질 것입니다. 아주 작은 봉사가 절에 오시는 여러분의 마음을 내집에 오는 것처럼 편안하게 만들어 줄 것입니다.

이번에 그 동안 잘 가꾸어온 사찰을 대외적으로 소개하는 자리를 마련하고자 합니다. 10월의 마지막을 화려하고 풍요롭게 하기 위한 자리를 함께 만들어 나가기를 기원합니다. 회보를 보내는 곳이 이제 2,000세대가 되어가고 있습니다. 그래서 저는 이

번행사의 성공을 위해서 삼천등을 밝히는 원력을 신도님들에게 제안드렸습니다. 한 가정에서 한등만 밝혀도, 조금만 주변에 동참을 권유해도 원만히 성취되리라 생각합니다. 우리 사찰의 모든 신도님들이 그동안 정말 열심히 수행하고 절을 가꾸어 왔습니다.

이제 우리의 수레는 산의 꼭대기 바로 앞에 이르렀습니다. 우리가 조금만 더 뒤에서 밀어주면 됩니다. 따뜻한 격려의 말 한마디, 작은 관심의 힘이 기적을 만들어 냅니다. 개산문예축전을 준비하느라 정말 열심히 하시는 신도님들에게 매일 매일 정말 공경한 마음을 전하고 싶습니다. 정말 감사합니다. 그리고 그들의 뒤를 밀어주시고 원력에 동참하시는 모든 분들에게 불보살님의 가호가 늘 함께 하기를 기원드립니다. 미타

큰 힘을 보았어요

이번에 우리는 큰 산을 하나 넘었습니다. 우리의 마차는 무거 웠습니다. 그리고 마지막 꼭대기를 넘어서려고 온 힘을 다 쓰는 시점에 있었습니다. 그리고 우리는 그 산을 넘기로 모두가 마음 을 모았습니다. 지금 그 산을 넘었습니다. 너무나 감동이 커서 지금도 설레고 있습니다. 이번에 밝힌 이천여 등은 지금도 밤에 그 모습을 그대로 드러내 놓고 있습니다. 많은 사람들이 사진을 찍으려고 오고 있습니다. 모든 식구들에게 보여주고 싶어서 아 직도 그대로 두고 있습니다. 여러분 모두에게 보여드리고 싶지 만 신통력이 없어서 제 자신이 안타깝습니다. 역시 이 세상은 혼자서의 등불만으로는 이 세상을 밝힐 수 없다는 것을 다시 한번 배웠습니다. 내가 불을 켜고 또 남이 불을 함께 켜고, 그 모두 모두 함께 등불을 밝힐 때에야 세상을 밝힐 수 있습니다. 이번의 삼천등을 밝히는 불사는 이러한 우리의 뜻을 함께 모아보고자 하는 큰 도전이었습니다. 우리의 힘을 세상에 드러내 보고자 함이었습니다.

우리의 마음이 곳 부처라고 했습니다. 이 마음을 둘로 쓰면 중생의 모습이고 하나로 쓰면 부처의 모습이라고 합니다. 나의 마음이 하나가 될 때에 힘이 생깁니다. 우리의 마음들을 하나로 모을 때에는 더 큰 힘이 생깁니다. 다른 것으로 힘이 되는 것은 없습니다. 혼자 할 수 있는 일은 아무리 크다고 해도 너무나 미약합니다.

이번에 보았습니다. 우리 식구들에게 엄청난 힘이 있는 모습을 말입니다. 이번에 이 일을 치르면서 동참하는 사람들 모두가 그 힘을 느꼈을 것이라고 봅니다.

애쓰시고 동참해 주신 모든 분들에게 감사하고 자리에 함께하지 못하신 분들에게도 그 감동을 전해드리고 싶습니다.

대신에 힘을 자주 쓸 필요는 없다고 봅니다. 힘을 자주 쓰면 힘에 의지하게 되고 자만심에 빠지게 되기 때문입니다. 그 힘은 꼭 필요할 때에 대중을 위하고 사회를 위해서 쓰여야만 합니다. 특히 어려운 사람들을 위해서 쓰여져야 합니다. 그리고 사회를 지혜로 밝히는 일에 쓰여져야만 합니다. 함부로 힘을 남발하면 그것은 사회에 옳지 못한 업을 짓는 것이 되기 때문입니다.

이번에는 동안거에 대한 이야기를 좀 해야겠습니다.

안거는 대중들이 모여 함께 수행정진에 들어가는 것을 말합니다. 모두가 함께 한 자리에서 수행 정진할 수는 없더라도 삼개월간의 수행정진에 함께 동참하시기 바랍니다.

이번 안거기간에는 참선을 위주로 합니다. 예불을 할 때에 계향, 정향, 혜향을 먼저 합니다. 이는 계를 통해 몸과 마음을 안정시키고 선정을 통해서 그 힘을 기르고 이것을 통해서 지혜가 나기 때문입니다. 그래서 선정의 힘이 아니면 부처님이 될 수 없다고 했습니다. 선정을 닦는 데에는 몇 가지 방법들이 있습니다. 또 화두 참선만을 선정이라고 고집하는 것은 안 됩니다. 달마대사로부터 육조혜능 스님을 비롯해서 화두라는 말도 나오기 전에 참선을 지도하신 분들은 어떻게 이해해야 하나요! 또 화두를 드는 것이 가장 빠른 길이라고 하면서 깨달은 자가 많이 나오지 않는 것은 어떻게 설명이 되나요! 쉽고 빠르다고 하면서 깨달은 이는 없다라고 하니 이 무슨 말이 되는 소리인가요?

깨달음으로 가는 길은 각자의 근기에 따라서 모두 다르다고 했습니다. 그러나 그 방법은 달라도 꼭 한 길로 모이게 되어있으니 그것은 선정을 말합니다. 걸으면서도 할 수 있다고 해서 행선이라고도 하고 누워서도 한다고 해서 와선이라고도 합니다. 꼭 앉아서 하는 좌선만을 해야 한다면 다리가 없거나 앉을 수 없는 사람들은 공부를 할 수 없을 것입니다.

이번에 안거를 통해서 누구나가 조금씩 선정을 닦는 수행을 시도해야 할 것입니다. 저도 이번 기회에 여러분과 함께 공부할 것입니다. 서로서로에게 힘을 주는 도반들이 되어서 꼭 보람 있는 안거 기간이 되기를 기원합니다. 미타

쌀자루와 보시공덕

모두 건강하신지요.

종무소에 노 보살님 한분이 오셨습니다. 자주 못 뵌 듯해서 인사를 드렸습니다. 동지에 부처님께 올려 달라고 쌀을 가져 오셨습니다. 보살님은 우리의 전통을 이으려는지 작은 자루에 반쯤 빵빵하게 채워서 머리에 이고 오신 것입니다. 요즘 방식으로 간편하게 돈으로 대신 할 수도 있겠지만 평생을 살아오시면서 부처님께 공양 올릴 때 정성을 담는 방식은 먼 길을 집에서부터 준비해서 힘들게 그 공양물의 무게를 몸과 마음으로 느끼면서 한 걸음 한 걸음 걸어오는 것이었습니다.

공양 올리러 나서는 길이 바로 부처님을 만나러 가는 길이고 그래서 한 걸음 한걸음이 기쁨의 걸음걸이었고 공양물의 무거움은 오히려 뿌듯함의 무게였습니다. 법당에 올려진 논에서 바로 담아온 듯 한 쌀자루를 보면 할머니의 정성이 보이고 있습니다. 이 정성이 모여서 언젠가는 보살님도 부처님이 되실거라 믿습니다.

부처님의 전생 이야기를 들어 보셨을 겁니다. 부처님께서 마을에 온다는 소문을 들은 주민들이 모두 꽃을 사버려서 한 젊은 이는 꽃을 구할 수 없었습니다. 겨우 구한 꽃을 부처님께 공양하고는 부처님이 지나가는 길에 진흙이 있는 것을 보고 자기의 머리카락을 풀어서 물이 묻지 않게 했습니다. 이 공양의 복덕으로 부처님은 수기를 내립니다. "너는 몇 생이 흐른 후에 부처님이 될 것이며 그 이름은 석가모니가 될 것이다." 이것이 지금 이 세상에 태어나 깨달음을 이룬 석가모니 부처님이 되신 인연 공덕이었습니다.

요즘 불교는 너무 지혜만을 추구하는 경향이 많이 있습니다. 이것은 대승불교라고 하는 한국불교에서 그 이름에 걸맞지 않는 것입니다. 지혜는 선정을 닦는 데에서 생기고 선정은 계를 잘 지킴으로서 생긴다고 했습니다. 이 계는 바로 보살계를 말합니다.

보살이 행해야 할 대목을 매 보름마다 읽게 되어있습니다. 이 내용은 범망경에 잘 나와 있으며 우리 절에서도 보름법회 때 함께 읽게 될 것입니다. 이 안에도 나오지만 대승불교에서는 지혜만을 추구하는 이를 소승이라고 비판했습니다.

　대승에서 이상적인 수행자는 보살입니다. 곧, 보살행을 하는 이를 부처님의 길로 가는 수행자라고 하고 있습니다. 보살행은 바로 보살의 원력을 실천하는 것입니다. 그러면 보살행은 어떻게 하는 것인가요? 바로 대표적인 것이 사홍서원이며 육바라밀입니다. 처음이 바로 "중생을 다 건지 오리다." 입니다. 그리고 자기의 번뇌를 끊고 모든 부처님 가르침을 배워서 위없는 지혜를 완성하겠다는 것이지요. 중생은 괴로움에 빠진 이를 말합니다. 그러니 괴로움에서 벗어나도록 돕는 일이 보살의 원을 실천하는 것입니다. 그 괴로움의 다양함은 여러 가지이겠지만 자신이 도울 수 있는 인연이 있을 때에는 도우라는 것입니다.

　이제 찬 바람이 몸을 움츠리게 합니다. 찬 바람은 사람의 마음도 걱정에 휩싸이게 합니다. 그들의 근심과 걱정을 풀어주는 일을 해야 합니다. 제게도 여러 신심있는 분들이 따뜻한 옷을 사주셨습니다. 고맙습니다. 너무 감사합니다. 그렇지만 사실 마음이 편치는 않습니다. 저는 따뜻하게 겨울을 날 만큼 열심히 잘 살지 못했습니다. 그리고 아직은 추위를 이겨내지 못할 만큼 나약하지 않습니다. 게다가 저는 열심히 수행해야 할 수행자입니다. 어찌 등따시고 배부름이 마음 편할 리가 있겠습니까.

솔직히 아직은 그것이 오히려 괴로운 일입니다. 물론 저는 공양하는 마음을 가벼이 여기거나 하는 것은 절대 아닙니다. 그러나 어려운 이웃이 있는데 제가 그런 호사를 누리는 것은 편치 않는 일입니다. 잘 이해해 주시리라 믿습니다. 그리고 대신에 이번에 저희 절에서도 학교에서 점심을 먹지 못하는 아이들을 지원하기 위해서 일일 찻집을 엽니다.

이 글이 도착하기 전에 그 행사가 끝날 지도 모릅니다. 그러나 동참할 기회는 늘 열려 있습니다. 그리고 그 일은 늘 염두에 두어야 합니다. 그래서 하루에 동전 한 잎이라도 가족에게 훈련하기 위해서 돼지저금통을 나누어 드리고 있습니다.

매일 매일 조금씩이라도 중생을 위해서 도울 수 있는 정성을 담아 보시길 바랍니다. 물론 돈이 아니라도 남을 도울 수 있는 일은 많이 있습니다. 올 겨울이 서로에게 따뜻한 체온을 전해주고 받을 수 있는 계절이 되었으면 좋겠습니다. 🔘

웃어야 할지
울어야 할지

새벽예불을 마치고 내려왔습니다. 요즈음은 10여명이 넘게 함께 하고 있습니다. 새벽의 맑은 기운에 함께 염불하는 소리는 서로에게 깊은 신심이 나게 합니다. 그리고 하루를 시작하는 데에 활력을 주고 있습니다. 오늘은 이번에 시험을 치른 남학생 한 명이 법당에 앉아 있는 것입니다. 어쩐 일인지 싶어서 미소로 인사를 했더니 자신 있는 미소로 돌아오는 거였습니다. 그 순간 아! 이 학생이 합격을 했나보다 싶었습니다. 사실 학생의 어머니는 일 년 내내 한 번도 안 빠지고 새벽기도를 자식의 합격을 원으로 삼아 다녔습니다. 그 원력과 그 기도가 너무 대단해서 사실은 속으로 걱정도 되었습니다. 만약에 원대로 안 되면 그것이 그만큼 큰 실망과 아픔으로 돌아올 텐데 과연 감당을 하실까 싶었습니다. 그래서 사실 기도를 마친 후에 잠깐씩의 법문을 통해서 집착을 놓을 수 있어야 한다는 것을 은근히 말씀드렸습니다. 왜냐하면 만약에 불자들이 소원성취를 위해서 절에 다닌다면 그 소원이 이루어지고 나면 절에 다닐 이유를 잃어버려서 소중한 인연을 놓치게 되고 또 그 소원이 이루어지지 않으면 효력이 없다면서 원망만 하고 부처님 인연을 놓치고 말게 됩니다. 그러나 사실 부처님은 소원이 성취되는 것을 지도하는 것이 아니라 우리가 그러한 괴로운 것은 그 욕심 때문이라는 것을 알게 하고 그 괴로운 것에서 벗어나는 길은 그 욕망은 채워지더라도 다른 욕망으로 대체 되어 끊임없이 괴로움을 만들어 낸다고 가르치고 있습니다. 그래서 우리가 그 괴로움에서 벗어나려면 욕심을 놓아야 하며 어떻게 하면 일어나는 욕망을 사라지게 하는지를 가르치고 있는 것입니다. 우리는 이것을 배우러 절에 다니는 것이고 이것을 배워야만이 살아가면서 수많은 욕심과 분노로 인한 괴로움으로부터 자신의 평화와 안정을 지킬 수 있기 때문입니다.

부처님 시대에 어느 젊은 어머니가 아이를 잃었습니다. 그 어머니는 너무나 슬퍼서 부처님에게 찾아가 아이를 살려달라고 애원했습니다. 그러자 부처님께서는 어머니에게 온 동네를 다니면서 어느 집이든 사랑하는 사람을 잃어버리지 않은 집이 있으면 세 집을 찾아서 한 줌의 쌀을 얻어오라고 합니다. 어머니는 희망이 생긴 것에 너무 기뻐서 열심히 집집마다 찾아다닙니다. 그러나 온 종일 찾아다녀도 어느 집도 그렇지 않은 집을 발견하지 못하고 돌아왔습니다. 그 때에 부처님은 말씀하십니다. 이처럼 세상은 인연에 의해서 만나고 헤어진다고요. 이것이 세상의 진리라고요. 그 아이는 인연이 그것밖에 되지 않았다구요. 이렇게 아무리 이 세상에서 사랑한다고 해도 이별하게 되어 있다구요. 그래서 그러한 불안과 두려움과 괴로움에서 벗어나는 길은 그런 것에 대한 애착과 집착을 놓고 살아야 한다는 것입니다.

물론 사람들은 말합니다. 그런 것이 없으면 어떻게 사냐구요. 욕심없이 어찌 사냐구요. 그러니 이 말은 우리는 스스로 욕심을 쫓아서 살지 욕심을 쫓는 삶이 아니면 의욕도 살 의미도 찾지 못한다는 것입니다. 그러나 우리가 남에게 말 할 때는 뭐라고 말하는가요. 욕심이 많은 사람이라고 욕합니다. 자기도 욕심을 채우기 위해서 살면서 남이 욕심을 채우기 위해서 사는 것을 왜 비방하나요. 만약에 우리 모두가 자기의 욕심을 채우기 위해 산다면 우리 사회는 싸움으로 평온한 날이 없을 것입니다. 우리는 욕심에서 자유롭게 사는 것만이 나와 우리 사회에 평화가 온다는 것을 알고 있고 그렇게 말하고 있습니다. 그러나 자신의 문제에 있어서는 욕심이 없으면 살 수 없다고 합니다. 이는 스스로 모순을 말하고 있는 것입니다. 사실 어제는 열심히 기도하던 보살님과 따님이 함께 법당에서 내려올 때 만났습니다. 시험을 치러 가는 날 택시를 잡아타던 순간에 만나서 격려를 해주었습니다. 그러나 그 결과는 좋지 않았습니다. 사실 마음 아프실까봐서 묻지도 못하고 있습니다. 솥에 밥이 다 되었는데 이 밥이 혹 잘못되었으면 어쩌나 싶어서 열어보지 못하고 있는 것 같은 저 자신을 봅니다. 마음이 아팠습니다. 사실 인생이 그렇다는 것은 알지만 당장에 신도님들의 원하는 것이 되지 않을 때에는 마음이 무겁습니다. 그래서 법당에서 축원 할 때에 열심히 합니다. 제발 모두의 인생에서 원하는 것이 다 되시라구요. 비록 다 그렇게 되지 못한다는 것은 알지만 이것이 스님들이 최소한 신도 가족들을 위해서 마음 쓸 수 있는 일이고 그래야 조금이라도 마음이 후련해지니까요.

식구가 많다보니 웃을 수도 울 수도 없는 것이 그렇습니다. 이것이 보살의 마음일지도 모르겠습니다. 아무쪼록 모든 미타선원 가족 여러분을 위해 다시 한 번 부처님께 축원합니다. 올해는 모두가 열심히 마음수행해서 모든 괴로움으로부터 자유로운 큰 마음의 사람들이 되시길 말입니다.

우리가 살 길은 수행밖에 없습니다. 질곡의 삶 속에서 수행이 중요한 부분이 되어야 합니다. 그래야 우리의 평화를 지켜갈 수 있기 때문입니다.

오늘도 부처님께 간절히 축원했습니다. 모두 부디 소원성취하시라구요. 그래서 조금이라도 마음이 편해진다면요. 미타

원(願)을 성취하는 길

새해가 되면 늘 서로 주고받는 말이 있습니다. 올해는 꼭 소원 성취하세요. 그리고 그 소원이 성취될지 안 될지를 궁금해 합니다. 그래서 미래를 본다고 하거나 맞출 것 같은 분들에게 찾아가서 상담을 하게 됩니다. 그 분들과의 상담을 통해서 희망과 신념을 갖게 된다면 너무나 다행스런 일입니다. 또 상대방에게 당신이 하는 일이 잘 될 것이라고 하면 누구나 좋아합니다. 이것도 사실은 큰 복이 됩니다. 상대방에게 원하는 것이 이루어질 것이라는 희망과 용기를 주기 때문입니다. 그들에게 필요한 것은 용기와 희망인 것입니다.

저번에 대구 선본사에 계시는 스님에게 들은 얘기인데요. 그곳에는 음력 마지막 날 밤부터 사람이 끊임없이 온답니다. 매월 시작하기 전날 소원을 기원하기 위함이고 마음을 다지기 위해서라고 합니다. 이것은 무엇인가를 하려고 하는 사람들에게 공통적으로 기대하는 미래에 대한 불안의 해소와 희망의 발견을 위해서일 것입니다.

그러나 우리 불자들은 여기에서 좀 더 나아가야 하겠습니다. 사찰에서 기원하고 나면 기원으로만 그칩니다. 그 기원이 구체적으로 실현되도록 하는 데에 결정적인 도움이 되어야 합니다. 소원을 말하는 것도 말하는 업이 됩니다. 그것이 실현되려면 행을 해야 합니다. 그래야 업으로 나타나니까요. 특히 불교는 행을 가장 강조합니다. 행을 닦는다고 해서 수행자라고 합니다. 그리고 그 모임을 수행자들의 모임이라고 해서 승단이 됩니다. 그리고 그 수행의 결과가 해탈입니다. 그러므로 우리가 해야 할 것, 그리고 최선을 다해야 할 것은 행동인 것입니다. 아무리 부처님 말씀을 많이 듣고 배워도 행하지 않으면 아무 소용이 없습니다. 아무리 소원을 열심히, 많이 말을 해도 그것이 이루어질 수 있는 행을 심어야 합니다. 말은 말로 돌아오고 행은 행으로 돌아오기 때문입니다.

소원은 사실은 굉장히 중요합니다. 우리가 뭔가 원하는 것이 없다면 그는 지금 당장 아무데도 갈 곳이 없습니다. 방황하게 됩니다. 소원이 없으면 목표가 없는 것과 같습니다. 길을 걸어도 그냥 비틀거립니다. 마음을 어디에 두는 곳이 없기 때문입니다.

저도 짧은 인생이지만 가출을 경험한 적이 있습니다. 저는 세상 살이가 모두 같은 줄 알았습니다. 그래서 제가 원하는 일이 있으면 세상에 나가서 하면 되는 줄 알았습니다. 그래서 중학교 시절에 가출을 몇 번 했습니다. 무엇인가를 계획하고 작전을 짜서 몇 개월을 마음의 준비를 하고 나섭니다. 그러나 나서는 순간에 바로 두려움에 사로잡히고 맙니다. 당장에 갈 곳이 없기 때문입니다. 그 생각이 드는 순간에 희망은 두려움으로 바뀌고 자신감은 없어지고 맙니다.

그때 내가 방황했던 것은 목표가 뚜렷하지 못했기 때문입니다. 그래서 한 번의 어려움에 자포자기 했던 것입니다. 목표가 없으면 칠흑같이 어두운 바다에서 길을 잃은 배가 등대를 찾지 못한 것과 마찬가지입니다.

부처님도 출가하기 전에 수많은 고민을 하였습니다. 그리고 출가를 감행한 후에 당신의 목표를 확실하게 정하셨습니다. 부처님은 몸소 우리에게 어떻게 목표를 정하는지 그리고 어떻게 그 원을 성취해 가는지를 잘 보여주고 있습니다. 우리가 부처님이 되는 것이 목표라면 이를 잘 보고 우리가 할 수 있는 선에서부터 차근차근 노력해야겠습니다. 이것이 우리의 소원을 성취해 나가는 길이기 때문입니다. 여러분 모든 분들의 원력이 꼭 성취되시길 기원합니다.

감사합니다 그리고
늘 고맙습니다

　덕분에 뜻하는 일들이 조금씩 잘 되어가고 있습니다. 너무 너무 감사합니다. 이 인사를, 이 편지를 읽는 모든 분들에게 꼭 전해드리고 싶습니다.

　처음 이 절에 와서 사실 아무 길도 보이지 않았습니다. 그리고 아무런 특별한 능력도 갖질 못했습니다. 여러분을 위해 해 줄 수 있는 아무런 가진 것도 없었습니다. 그러나 지금에 와서 살펴보면 미타선원은 부산의 많은 지역과 식구들에게 알려지고 있습니다. 그리고 그만큼 절의 역량도 성장하고 있습니다. 이는 처음부터 지금까지 매일 그리고 매주 자신의 수행도량으로 이 절을 가꾸어온 불자님들의 역량이었습니다. 그분들의 능력이었습니다.

우리가 어떤 원하는 일을 이루어 나가는 사람들을 보면 몇 가지 특별한 점을 살펴볼 수 있습니다. 목표가 뚜렷하거나 그 목표를 뚜렷이 하기 위해서 계속 노력하고, 그 마음이 흔들리지 않고 노력을 계속해 나간다는 것입니다. 저는 자주 나오셔서 자신의 수행생활로 삼아 정진해 나가는 모습들을 보면 계속 저 자신이 부끄럽고 그 모습을 보고 배우는 점이 너무나 많습니다. 또 그분들을 보면 제가 주지라고 이름 불리워지고 사람들에 의해서 이 절의 주역인 것처럼 보여지는 것이 부끄러울 때가 많습니다.

사실은 그 주역이 제가 아니거든요. 그 주역은 이 절을 자기 절로 생각하고 꾸준히 다니면서 마음으로나마 몸으로나마 애써주시는 분들입니다. 늘 그분들을 떠올리면 감사할 따름이고 부족한 저를 믿어주시고 뜻을 함께 해주셔서 고마울 뿐입니다.

사실 이번 새해가 되었을때에 그 분들에게 새해인사 편지를 쓰기 위해서 연하장을 준비했는데 꼭 보내야 할 분들의 이름을 적다보니 60명이 넘어서고 있었습니다. 몇 분에게 쓰다가 쓰다가 저의 체력이 부족하여 다 쓰지 못하고 남은 엽서를 머리맡에 두고 두고 보면서 다 챙기지 못하는 점에 대해서 늘 아쉬워하고 있었습니다. 그 분들이 절을 위해 애써주시는 것의 작은 부분도 사실 보답하지 못하고 있습니다. 그래서 자다가도 무엇인가를 해야 한다는 생각에 깨면 경전을 보기도 합니다. 혹여 부처님 말씀 중에 좋은, 아니 신도님들의 마음에 위로가 될 수 있는 내용이 없을까 하고 말입니다.

스님의 역할이라는 것이 사실 절에 오는 분들에게 부처님의 소중한 말씀을 전해주는 일이 가장 큰 일이라고 생각하기 때문입니다. 사실 지금 부처님이 세상에 계신다고 한다면 우리가 부처님을 찾아뵙기 위해서 절에 갔을 때에 원하는 것은 부처님의 법문일 것입니다. 우리가 가지고 있는 괴로움에서 벗어날 수 있는 길을 알고자 찾아 갈 것입니다. 그리고 그 가르침을 따라 해 볼 수 있는 수행도량이 필요할 것입니다. 그래서 우리 절은 가능하면 매일 기도 후나 아니면 법회를 마련하여 늘 부처님 말씀이 전해질 수 있는 도량이 되도록 애쓰고 있습니다.

그것은 어렵게 인연되고 마음 내어 오시는 분들에게 그 마음에 불심의 씨앗이 심어질 수 있도록 하기 위해서입니다.

실제로 많은 훌륭한 스님들이 미타선원을 인연으로 법문들을 해주시고 계십니다.

매주 텔레비전에서나 뵐 수 있었던 지운 스님의 금강경 강의가 있으며 사찰음식의 대가이신 홍승 스님께서는 아예 우리 식구가 되어서 이곳으로 내려 오셨습니다. 매주 하고 계시는 사찰음식 강의를 늘여가시고, 많은 사람들이 먹어볼 수 있도록 사찰음식 전문공간도 준비하고 있습니다. 사찰음식의 근본도량으로 음식을 통한 불교인연을 계속 펼쳐나갈 것입니다.

또 매월 저의 절을 당신의 절처럼 애정을 가지고 챙겨주시는 훌륭한 스님들의 초청법문이 있습니다. 또 우리나라 불교음악 대회에서 2년간 연속으로 1등, 2등을 하신 소프라노 박수진 보살님의 지도를 받는 합창단도 있습니다. 제가 볼 땐 특등감입니다.

공덕 중에 가장 큰 공덕이 부처님을 찬탄하는 일이라고 했습니다. 그래서 경전에서 앞부분, 중간 그리고 끝에 꼭 등장하는 내용이 부처님을 찬탄하는 게송입니다. 이 게송은 바로 지금의 노래인 것입니다. 그리고 찬불노래를 하면 마음에서 신심이 우러납니다. 좋은 공덕과 수행을 하는 일이기에 동참을 권합니다.

특히 이번에 함께 합류해서 놀토 때 아이들을 지도해 주시는 현 부경대에 강의를 나가시는 이정현 선생님에게도 감사드립니다. 늘 함께 해주시던 희상 스님께서 사정이 생기셔서 잠시 쉬게 되었기 때문입니다. 또 여기저기 이 세상에서 제일 훌륭하신 분들이 미타선원을 인연으로 마음을 쓰고 계십니다. 그 분들과 함께 일원이 된 것을 저도 기쁘게 생각합니다. 어제도 회의 끝에 '선문화센터'(가칭)를 준비하는 천미희 실장님께서 "미타선원에서 하는 일이 잘될 것 같아요, 좋은 인연들이 많이 마음을 모아주기 때문에 느낌이 좋아요." 하더라구요. 사실 저도 그렇게 생각합니다.

여러분! 여러분 모두가 사실 가장 소중한 인연입니다. 감사하다는 말을 모두에게 전하고 싶습니다. 덕분에 보고 싶은 세상을 하나씩 볼 수 있기 때문입니다. 부처님의 가르침이 우리 각자의 삶속에서 평화로 실현되는 것을 보고 싶습니다. 그래서 모든 분들이 번뇌 속에서 스스로 평온할 수 있는 모습을 가지기를 발원합니다.

새벽에 잠이 깨어 이달에 여러분에게 보내는 편지를 쓰고 있습니다. 사실 어제가 마감이었거든요. 덕분에 기분도 아주 좋습니다. 이 편지를 읽는 분들도 기분이 좋아진다면 좀 더 좋겠습니다. 감사합니다. 미타

등불을 밝혀요
부처님이 보이게요

나의 희망이여!

내게 삶의 의미를 일러준 이여!

내게 삶의 목표를 알려준 이여!

내게 삶의 가치를 갖게한 이여!

내게 삶의 기쁨을 갖게한 이여!

당신의 이름은 석가모니이시라.

그리고 지금은 당신의 가르침에 따라서 아침에 일어나는 욕심을 욕심이라고 알게 되고 그 욕심을 보살의 원력으로 바꾸어 내가 아니라 남에게 기쁨을 주는 일이 곧 나의 기쁨의 시작이며 전부라는 것을 알게 되었습니다.

왜 모든 불보살님들이 '모든 중생의 어려움을 제도 하겠다.' 라는 원력을 앞에 두는지 그 이유를 알게 되었습니다.

저희 절은 부산의 광복동에 있는 용두산에 있습니다. 절 앞 용두산 공원 올라가는 입구에 할머님이 쥐포를 구워서 팔고 계십니다. 그런데 어느 날 늘상 계시던 그 자리에 안계시고 저 건너 골목 건물 뒤에 계시더군요. 왜 이곳으로 옮기셨냐고 했더니 경찰이 단속을 나와 피해 있다는 것입니다. 그러고 보니 그 자리에 단속반이 나와서 지키고 있더라구요. 70이 넘으신 할머니는 사실 그 자리를 이렇게 40년을 지키셨답니다. 매일 비가 오나 추우나 더우나, 그 작은 구루마를 끌고 1킬로미터 남짓의 보관소까지 출퇴근을 멈추지 않았습니다. 그 길을 오가면서 온갖 어려움과 고난을 때론 싸우고 때론 피해가면서 지켜왔던 것입니다. 할머니의 얼굴은 햇볕에 새까매지셨고 주름은 깊어졌습니다. 그러나 오고 가면서 때론 잡고 때론 잡히는 손에는 따뜻함이 아직 남아있습니다. 아니 부드러움까지 남아있습니다. 그 거침과 부드러움이 함께 전해지는 할머니의 손은 '삶이 이런 느낌이구나.' 하는 것을 알게 해 줍니다. 그리고 그 느낌은 오래 갑니다. 아니 잡았던 손에서는 무슨 향기가 남아있는 듯합니다. 그러면서도 늘 하시는 말씀이 초하루에는 꼭 두 군데의 절에 가신답니다. 한 절은 평생을 가시던 절이어서 꼭 가야하고 한 절은 이 절 밑에서 지내면서 마음에 위로가 많이 된다면서 꼭 오신답니다. 그러나 그냥은 절대 못 간답니다. 꼭 시주 돈을 준비해서 가야만 한답니다. 그냥 오셔도 된다고 해도 부처님 앞에 어떻게 그냥 가냐고 그러면 안된다고 한사코 손 사례를 치시며 듣지 않으십니다. 그런데 이 작은 구루마도 경기를 타서 그 돈을 마련하기 어렵다고 합니다. 마음 같아서는 확 그냥 사서 도와드릴까 하다가도 인생이 그런 것이 아니라는 것을 저도 배웠기에 그 마음을 조심스럽게 접고 맙니다. 만약에 그렇게 한다면 할머니 삶의 가치가 너무나 가벼워지고 말 것이기 때문입니다. 너무나 죄송하고 송구스러운 마음입니다. 할머니는 땀으로, 신념으로 지켜온 그 자리에서 모은 돈으로 꼭 초하루 기도를 올립니다. 그리고 저에게 축원을 부탁합니다. 그러나 사실 그 내용은 없습니다. 다만 그 정성스런 마음을 제게 전하고자 할 뿐입니다.

늘 내가 잊어버릴 지라도 할머니는 그 계단 밑에 계십니다. 비가 추적 추적 오는 비오는 날에도 할머니는 그 계단 밑에 계십니다. 더워서 숨이 막히는 듯해도 할머니는 그 계단 밑에 계십니다. 때론 졸고 계시기도, 때론 큰 소리로 웃고 계시고 때론 피해 다니시기도 하지만 늘 그 자리에 계시는 할머니가 이젠 감사합니다. 사실 그런 분들이 정말 소중하고 고마운 분들이라는 것을 알게 되었습니다. 저희 절에도 한결같이 봉사하시고 마음써 주시는 분들이 많이 계십니다. 늘 너무나 고맙습니다.

그래서 저도 다른 이들에게 그런 존재가 되고 싶어합니다. 제가 비록 모든 이들에게 해 줄 수 있는 일은 없지만 그들이 언젠가 생각날 때에 그 자리를 지키고 있는 그런 존재가 되고 싶습니다. 저도 때론 인생의 길에서 피하기도 하고 때론 졸기도 하고 때론 즐거워하기도 하겠지만 할머니의 삶처럼 불자들의 마음에 자리를 지켜주고 싶습니다. 그것이 제가 할 수 있는 일이라면 말입니다.

제게 부처님은 늘 그런 존재입니다. 그래서 이번에 초파일은 그 할머니를 위한 등을 켜고 싶습니다. 그리고 할머니와 같은 제 주변의 고마운 인연들에게 감사의 등을 밝히고 싶습니다.

여러분! 여러분 주변의 이런 부처님들을 위해서 등불을 밝히시길 기원합니다. 그렇게 해서 온 세상에 숨어있는 부처님들이 모두 모두 이 세상에 환하게 드러나도록 말입니다.

한 분 한 분 그런 분들을 밝혀내는 불빛을 손에 손에 그리고 마음에 마음에 함께 들 수 있기를 바랍니다. 할머니와 따뜻한 미소로 떠오르는 주변의 소중한 분들을 위해서 등 공양을 올립니다.

부처님이시여! 감응하소서. 미타